「ヴィル様、どうぞこちらに
頭をお乗せくださいませ」

ミューちゃん
人語を解する
もふもふ魔獣。
ヴィルのケンカ
友達。
ヴィル
ひきこもり気質の残
念貴族少年。
アーニャのためだけ
には本気を出せる。
アーニャ
天使のような美少女
ギルドマスター。
ヴィルを慕い、何か
とお世話を焼いて
くれる。

エーデルワイス
本名はエーデルワイス・セレーナ・キャラメリゼ。教会所属の聖女で、意外にもヴィルとは昔なじみの綺麗系お姉さん。実は人前では、かなり猫をかぶっている……？
エヴァ
本名はエヴァ・ブルーム・スノウムーン。独特のテンションを持つ不思議議系美少女。おともの黒猫の名はブラッキーちゃん。

「どうぞ、傘を使ってください」
「え、あの、私は大丈夫よ」
長い袖に隠れた少女の手に俺の傘を持たせてあげた。
耳に静かに響く綺麗な声だった。たぶん年は俺より三つ、四つ下かな。

ひきこもりの俺がかわいい
ギルドマスターに
世話を焼かれまくったって
別にいいだろう？ 2

東條 功一

HJ文庫
996

口絵・本文イラスト　にもし

Contents

プロローグ

俺、ヴィルヘルム・ワンダースカイはひきこもりだ。

自室のベッドに「楽園」という名前をつけて、だらけきった生活を送っている。

ちょっと前まではさ、潰れそうなギルドのクエストをガンガンこなしていたんだぜ。たくさんお金を稼いだし、誰にも倒せないはずの古代魔獣っていうのを追い払って街を救ったりしていた。

あの頃の俺は調子に乗っていたな……。

ギルドの経営を俺が安泰にしてあげるとか本気で思っていたし。

いてて。いててててて。過去の自分はテンションが高かった。思い出すだけで恥ずかしくなってメンタルにくるぜ。

今はテンションが超低い。だってひきこもりに戻ったからな。

え、どうしてこうなったかって？

それはだな、俺に対する「こいつ魔王じゃないか疑惑」が再燃してしまったからだ。

新聞に特集が組まれたんだよなあ。「ヴィルヘルム・ワンダースカイはやはり魔王か？」と題された特集だ。魔王って大昔に大暴れした悪いやつな。

きっかけは俺が古代魔獣を追い払ったことにある。過去に魔王も俺と同じように古代魔獣を追い払ったことがあったんだそうだ。

迷惑な記事だよな。あの記事のせいで世間からの俺に対する扱いが変わってしまった。道を歩けばひそひそ話が始まるんだよな。

子供たちには指をさされてバカにされるし。あいつらヒーロー気分なのかいきなり蹴っ飛ばしてくるし。みんな楽しそうに俺を見て笑うんだよなあ。

その結果、俺の清らかなガラスのハートが傷ついてボロボロに砕け散ってしまった。もう修復不可能な状態だ。

ギルドに残っていても風評被害がありそうだったから、俺は実家にひきこもることにしたわけだ。

ふふふ、ひきこもったからにはこの生活を誰にも邪魔はさせないぜ。

例によってドアには魔法で厳重なロックをかけている。俺の部屋に入れるのは俺が許可をした執事だけさ。

しかもだ。俺の封印魔法を唯一破れる家宝の剣は俺の手元にある。だからあのうるさい父がこの部屋に入るための手段はただの一つも無いぜ。

つまり、末永く俺はこの部屋にひきこもっていられるというわけだ。

「ああ、素晴らしいぜ。ひきこもりライフ！」

あははは。あはははははは。笑いが止まらない。俺はもう絶対にこの楽園から出ないぞ。

俺は冷たくて薄い紅茶を喉に流し込んだ。

んー、高級な茶葉の味が……ぜんぜんしないぜっ。色からして透明に近いもんな。執事には温かくて美味しい紅茶をお願いしたはずなんだが。はて……。

もう一回、紅茶を喉に流し込んでみる。

「いやこれ、ただの水だろっ。だって茶葉の香りとかまったく無いし！」

やられたぜ。紅茶を持ってきてもらったものと思い込んでいた。

どうせ父の嫌がらせだろうな。

しょうもない。こんな程度の嫌がらせじゃあ俺は絶対に屈しないぞ。

俺はこのベッドで、いや、この楽園で一生を過ごしていくんだからな！

◇

お昼前くらいに目が覚めた。

「あれ、珍しいな。今日は晴れてるぞ」

ひきこもり開始から一ヶ月半が経過した。季節は春からとっくに雨季へと移り変わっている。

雨の日ばかりだ。晴れたのはひさしぶりに感じる。

ま、ひきこもりには雨も晴れも関係ないんだけどな。だって外に出ないし。

「気持ちの良い晴れだし、二度寝でもするかな」

そうしよう。それがいい。

すやあっと睡眠の沼に戻っていく――。

ああ、幸せなひきこもり生活だ。いくら寝ていても大丈夫。こんな幸せって他には無いぜ。労働者には絶対に味わえない幸せがひきこもり生活にはある。俺はこのひきこもり生活を永遠に手放すつもりはないぜ。

俺が幸せな夢を見始めた瞬間だった。

「アーーーーーアアーーーーーーーーーーッ！」

なんか屋根の方から父の声が聞こえた気がした。

気でも触れたんだろうか。父はなぜ屋根に上って叫んでいるんだ。晴れた隙に雨漏りでも直すのだろうか。専門の業者に頼(たの)めばいいのに。

「アーーーーーーーーーーーーーーーーーーーーーーーーーッ！」

ん？　父の声が近づいている？

「アーーーーーーーーーーーーーーーーーーーーーーーーーーーーーーーーーーーッ！」

どういうことだ。窓の向こうから父の声が聞こえ――。

「どっせえええええええええええええええええええええええええええええええええい！」

ドガシャーーーーーーーン。窓ガラスが派手に砕け散った！

えええええええええっ。父が窓を蹴破(けやぶ)って部屋に入ってきたんだけど！　この父、頭は大丈夫ーーー？

屋根にロープを張ってそこから勢いよく下りてきたみたいだな。俺の部屋に窓から入るために。

信じられない。アホじゃないか。たしかに窓には俺の封印魔法は無いとはいえさ。常識はずれにもほどがある。

父が不気味な笑顔(えがお)を見せた。

「ふっ、ふはははははっ。ようやくだ。ようやく貴様と会えたぞっ。あれ？　えー、んー、はて、貴様の名前はなんだったか？」

「ちょっ、俺はヴィルヘルムですよ。ついにボケたんですか？」

「誰がボケるかっ。貴様の顔を見るのがひさしぶり過ぎて本当に忘れていただけだっ」

「それをボケると世間は言うんですっ」

「言わんわっ。だってトニーのことは覚えてるし！」

トニーは俺の弟な。優秀でイケメンなやつだ。

「父上、ちゃんと兄弟を等しく愛してくださいよ」

「はあ？　トニーと兄弟だなどとよく言えたな！」

「だって本物の兄弟ですからねっ」

「小汚いひきこもりのくせにっ！」

「俺は小汚くないです！　父上が寝ている隙に風呂にはちゃんと入ってますっ！」

「やり方が姑息すぎる！」

はあーあ、仕方なく俺はベッドから起き上がった。

父が俺に近づいてくる。そして、ハルバードという槍を手にして俺に向けてくる。

「で、父上、今日は何のご用ですか？」

「実はな、先日、ついに仕事の同僚に言われてしまったのだ」

父が目をひんむくくらいの力み具合で悔しがっている。

「なんて言われたんですか？」

「まあ、おたくのご長男様はひきこもりなんですって？　ププッ、と言われて笑われたのだ。ププッだぞ、ププッ。プが二つだ二つ。それが私にはとっても悔しかったのだ！」

「え、プが一つならいいんですか？」

　プッツーンと父の何かが切れた音がした。

「よーし、いい口答えだ。それが最後の言葉でいいな。今すぐにここで死ねーーーーーーいっ！」

「ぎゃーーーーーーっ。俺は栄えあるワンダースカイ家の長男ですよーっ。死んだら父上だって色々と困るはずですっ」

　ハルバードが振り下ろされた。うっかりかわしてしまった。

　俺のベッドに傷が入ってしまったぞ。

「あああああああああっ。俺の楽園がーーーーーーっ！」

「ふははははははっ、ざまーーーーみろだーーーーーーーーっ！」

「ちょっと！　息子の不幸を喜ばないでくださいーーーーっ！」

「ははは、よく不幸になってくれたな！　嬉しすぎて睡眠不足が解消しそうだ！」

「睡眠不足だったんですか！」

「貴様を家から追い出したくてずーーーっと悩(なや)んでいたのだ！」

「そんなことで悩まなくていいのに！」

「悩むに決まっておるわああああ！」

ああもう、あとで執事に言ってベッドを直してもらわないと。

っていうか、父がハルバードでの攻撃(こうげき)をやめないぞ。

かわす、かわす、かわす。ああ、寝起(ねお)きだから動きづらい。油断をした瞬間に刃(やいば)が当たりそうだ。怖(こ)ええええ。

「父上、父上、ちょっと俺、寝起きでボーッとしてて。避(よ)けきれないかもしれません。当たったら死んでしまいますっ」

「やったーっ。当たったら食費が浮いて嬉しいわ！」

「喜ばないでくださいっ。今までロクな食事を用意しなかったくせに！」

腐(くさ)る直前のパンとか、食べかけの野菜とか、ちょっとこげくさいスープとかな。

日に日に食事の質が悪くなっていったぞ。俺がひきこもり生活に嫌気(いやけ)がさすようにしていたんだろう。姑息な父だよな。

「食べさせてもらっているだけありがたいと思わんかっ。いい年したひきこもりニート風(ふ)情(ぜい)がーっ」

ぶるーーーんとハルバードの大振り(おおぶ)りが来た。

俺は大きく飛び上がって壁際(かべぎわ)に逃(に)げた。

父が追いかけてきて間髪(かんはつ)入れずにハルバードを壁(かべ)に突(つ)き立てる。

ハルバードでの壁ドンだ。相手は父だし目が血走っているからキュンとしない。

「というわけで食費を浮かせるため死んでくれ。その浮いた金で私は良い酒を飲む！」

なんて親だ。

「ちゃ、チャンスをください。慈悲深(じひぶか)くないのは父上らしくないですよ」

「チャンスぅ？　まだ生きたいとかほざくのか？　ひきこもりのくせに？」

「生きたいに決まってます。もしここで死んだらオバケになって化けて出てやりますよ」

「貴様が化けて出たらうけるな。塩まみれにして清めてやるぞ」

父がハハハハと笑った。

「……だが、まあそうだな。私は街で一番の慈悲深い男だ」

嘘(うそ)ばっかり。

「だから貴様にチャンスの一つでもくれてやろうか。では——」

父はストレスが解けていく顔でにんまりした。

着替えて家の外に出てみたら雨が降り始めた。

「ヴィル様、傘をお持ちになった方がよろしいかと」

白髪で長身の執事リチャードが大きな傘を持たせてくれた。ありがとうと礼を伝える。

「ほっほっほ、ヴィル様の再出発の日だというのに気のきかない天気ですな」

「俺の心模様が天気に影響したのかもな」

どんよりと黒い雲だ。何かイヤなことでも起こりそうだぜ。

「ヴィル様、世間はすっかり雨季でございます。くれぐれも夜はオバケに連れていかれませぬよう。どうぞお気をつけくださいませ」

雨季って、出るんだよな。オバケがさ。

雷光が走った。そのせいでリチャードの顔が不気味に思えた。これから何か怖いことが起こるという暗示に見える。雷音が怪しく轟いた。

「リチャードは子供の頃からそうやって俺を怖がらせてたよな」

「ほっほっほ、ヴィル様は他の子に比べたらぜんぜん怖がらなかったですよ」

だからこそムキになってリチャードは俺を怖がらせていた。シーツをかぶって俺を追いかけてきたりとかな。子供の頃の良い思い出だ。

「それじゃあ、俺は行くよ。見送りありがとう」

「はい。ヴィル様の行く先に輝(かがや)かしい栄光がありますよう、お祈(いの)りしておりますぞ」

強い雨のなか、傘に当たる水音を聞きながらゆっくりと歩いて行く。

外の空気が懐(なつ)かしいな。道を歩く感触(かんしょく)だって懐かしい。雨に靴(くつ)が濡(ぬ)れるのは本当にひさしぶりだ。

住宅街の道を歩いて行く。人はあまりいない。静かだった。

あれ、少女が雨に濡れているぞ。

濃紺(のうこん)色のワンピースを着た少女だ。いやにボロボロのワンピースだな。大きく裂(さ)けたのを補修したような跡(あと)がある。

その少女、漆黒(しっこく)色の前髪(まえがみ)が長くて瞳(ひとみ)が隠(かく)れていた。まるで幽霊(ゆうれい)とかオバケを連想させる少女だな。なんでボーッと雨に濡れているんだろうか。

ああ、分かった。黒猫(くろねこ)を見ていたからだ。その黒猫がカエルを見つけたようで、今にも飛びかかりそうな構えをしている。

少女の髪(かみ)や服がどんどん濡れていく。このまま通り過ぎるのは紳士(しんし)じゃない。

「どうぞ、傘を使ってください」

長い袖(そで)に隠れた少女の手に俺の傘を持たせてあげた。

「え、あの、私は大丈夫よ」

耳に静かに響く綺麗な声だった。たぶん年は俺より三つ、四つ下かな。

「俺のことはお気になさらず」

ナーと黒猫が俺にお礼を言ってくれた。

俺は振り返らずに道を進んだ。

このままかっこよく去ろう。良いことをするのは気持ちがいいもんだ。絶対にこれから良いことが起こる気がした。

あ、ジャケットにフードが付いていた。かぶれば雨に濡れないか。

「お兄さん」

雨音の隙間を縫うようにスーッと少女の声が俺の耳に届いた。

俺は足を止めて振り返った。近くで雷光が走る。

少女が虚ろな瞳を俺に向けている。怪しさ極まりない感じに口が笑んでいた。

「遠くない未来に、お兄さんの近くでとても良くないことが起きると思うよ。だから気を付けてね。ケケケ……ケケケケ……ッ」

袖に隠れた手を口に当てて不気味に笑い出す。

なかなか珍しい笑い方をする少女だな。

「良くないことなのか？　良いことが起きるんじゃなくて？」

「ええ、良くないことよ。とってもとっても良くないこと……」

雷光が少女の顔を不気味に見せた。ホラーかよって怖さがあった。少女の笑い声が耳に反響して不吉さを強めていく。

黒猫がカエルに飽きたのか俺に近づいて来た。

俺のことをジーッと見てからニッと笑う。そして、俺の正面を横切って歩いた。

黒猫が、横切る——だとっ。これ不吉なやつだ。

少女と黒猫が歩き去る。

印象的な少女だった。存在感がどうにも希薄というか、あの世から来た感じがあるというか……。

「まさか、あの子はオバケだったんだろうか」

そう考えると怖くなった。雨季ってあの世からオバケがくる季節だ。

悪いことをするとオバケに連れて行かれると幼少期に教えられて育った。はたしてひきこもりの俺は悪い子だろうか。そんなわけはないと思うんだが……。

雨がますます強くなっていく。

「遠くない未来に良くないことが起きる……か」

雨に濡れながら思う。傘をあげるんじゃなかったなと。

できれば良いことが返ってきて欲しい。俺はそう願った。

第1章 ★★★ ひきこもりは再び料理上手な美少女に出会った

ギルド〈グラン・バハムート〉に着いたときには、もうジャケットもズボンもぐっしょりになっていた。豪雨(ごうう)みたいな雨だったな。

ああ、ギルドの外観を目にするだけで懐かしいぜ。

年季の入った二階建ての家だ。少し前まで俺はここで生活をしていたんだよな。

父は言った。ここでまた働きながら過ごしなさいと。話は既(すで)につけてあるらしい。

裏口に回る。何か以前とは違(ちが)うなと思ったらドアにランプが出ていた。この時期にランプを出すのは街の伝統行事なんだよな。

夜はそこらじゅうの家でランプが灯(とも)されるんだ。それがなんとも言えない幻想的(げんそうてき)な風景になるから街の名物になっているんだよな。

ランプは家によって様々な形があるけど、ここのは丸くてかわいいやつだ。

ひさしぶりだからノックをしてからドアを開けた。

挨拶(あいさつ)は一瞬(いっしゅん)だけ迷ったけど――。

「ただいまー」

と言うことにした。ここは俺にとって第二の家みたいなものだし、ひさしぶりに帰ってきた気分なんだ。

ドアの向こうには白くてでっかいもふもふ魔獣がいた。魔獣名はソーダネミュー。呼び名はミューちゃん。すっげーひさしぶりな感じがする。

ミューちゃんは気持ち悪いものを見たような「ゲーッ」って感じの顔を見せてきた。

その「ゲーッ」って顔のまま近づいてくる。

「あ、新聞は間に合ってますミュー」

ミューちゃんが俺をちょんと押（お）してドアを閉めた。ちょ、おまっ。

俺はドアを開けた。

「ただいまー」

イラッとするミューちゃん。

「牛乳の宅配ならひいきの店がありますミュー！」

ミューちゃんがドアを閉めようとする。俺はドアの間に身体（からだ）を入れて抵抗（ていこう）した。ミューちゃんが俺を押し出そうとするけど負けないぞ。

「た・だ・い・まー」

「児童向け商品の訪問販売も間に合ってますミュー！」

「俺だよ。俺。もっと喜んでくれよ、ミューちゃん」

「こ・の・ニ・ー・ト・や・ろ・う」

「覚えてるんじゃないか。ひさしぶりだな！」

「勝手に出て行って、いまさらどのツラして戻ってきてるんやワレー。とっととけーれけーれ！」

　ミューちゃんがすごみをきかせた顔を近づけてきた。残念ながら怖くない。かわいいぞ。

「そっか。悪かったな。また世話になるぜ！」

「軽っ。せっかく怖い顔を作ったのに、なに爽やかに流してるんだミュー！」

「ミューちゃーん、どちら様だったんですかー？」

　ミューちゃんの脇の下から女の子がぴょこっと顔を出した。

　このギルド〈グラン・バハムート〉のかわいいマスターにして、白銀の髪の美少女アナスタシア・ミルキーウェイだ。俺はアーニャって呼んでいる。

「わあ、ヴィル様です！　おかえりなさいませ！」

　深紅色の瞳が輝き、笑顔の花が咲いた。

　これだよこれ、これこそ〈グラン・バハムート〉だ。

「ただいま、アーニャ。また世話になるぜ！」

「はいっ、お世話をさせて頂きますっ」

「えーっ、こんなやつのお世話をするのーっ」

「ヴィル様……、すごく濡れていますね」

「傘を人にあげちゃってさ。ごめん、タオルあるか？」

「あ、お風呂が沸いていますのでどうぞ。ヴィル様のお着替えは私が二階からとってきますねっ」

アーニャがとことこ二階へ向かった。その背中に「ありがとう」と伝えた。

ミューちゃんと二人になってしまった。視線と視線がバチッとぶつかりあった。

ミューちゃんが背中を向けたぞ。

「ふっ、まあ頼りにしているミュー」

「え、また何かあったのか？」

中に入れさせてもらった。

テーブルに大きな剣が立てかけられている。あれは誰のだろうか。とてもアーニャが使うような剣には見えなかった。

「お嬢に直接聞くといいミュー。前みたいなこととは違うミュー」

前は経営難で潰れかけていたからな。あれほどのことではないらしい。

「この大剣は？　ミューちゃんのか？」

「お嬢のパパのジョージのだミュー。お嬢が、この大剣を振れるようになれれば私は一人前になれるんだって意気込んでて」

「……この大剣はそこらの成人男性でもしんどいぞ。アーニャにはまだ無理じゃないか？」

「それでも、もうすぐお別れが来るミューよ」

「あ、そうか。灯火送りか。アーニャのパパの魂を天国に送ってあげる日がくるんだな」

「そういうことミュー」

アーニャのパパは去年他界している。

肉体はお墓に眠り、魂は灯籠に乗せて海から天国へと送ってあげる。その送ってあげる日はそう遠くないはずだ。

アーニャはパパの魂とお別れをする前に一人前の自分を見せたいんだろう。健気ないい子だなって思った。

「ヴィル様ー、お着替えを置いておきますねー」

「ああ、ありがとう！」

風呂に来てみたらアーニャの香りがいっぱいだった。たぶん、ちょっと前にアーニャが風呂に入ったんだろう。

「もしかして、アーニャも雨に濡れたのか？」

「はいっ、すごい雨でしたねっ」

残念……。もう少し早くここに来れば一緒に入れたんじゃないだろうか。背中を流してもらいたかったなって思った。

風呂からあがったらアーニャがココアを作ってくれていた。

俺用の陶器のカップに丁寧にいれてくれる。

「ヴィル様、どうぞココアをお飲みになってくださいませ。身体が温まりますよ～」

「ありがとう、アーニャ」

キッチンのテーブルで飲むことにした。

ココアって元々は王や貴族だけの高級な飲み物だったんだよな。それが庶民にも広まりだしている。

値段は少し高いけどコーヒーよりも甘くて飲みやすいから人気が高い。

飲んでみたら身体が芯から温まる美味しさがあった。

ココアは保温効果が高いんだよな。だから風邪対策にちょうどいい。

「あー、うめえー」

アーニャの心の温かさが伝わってくるようだ。俺の冷え切った心と身体に染み渡るよ。

「こんなに美味しいココアを飲めるなんて、ひきこもりを脱して良かったぜ」

「ヴィル様、ひきこもりを卒業されたんですね。とても偉いですっ」

「アーニャだって偉いぞ。雨が降ってるのに仕事に行ってたんじゃないのか？」

「ソーダネ！　ニートやろうと違ってな！」

ミューちゃんは黙っててな。

「私はたいしたことはしてないです。教会に行ってお仕事を頂いて来ただけですから」

「へえ、今は教会みたいな大手からの仕事も入ってるんだな」

「はい、おかげさまで仕事が増えてきまして。そうだ。ヴィル様にぜひ見て頂きたいのですが」

なんだろうか。アーニャが席を立ってパタパタ歩いて行った。店の方で何かを手にして戻ってくる。

アーニャが手に持っているのはたくさんの書類の山だ。それをテーブルの真ん中に丁寧に置く。

　アーニャがドヤ顔になった。

「ここ二週間くらいとても順調にお仕事が入ってきているんです。おかげさまで少しずつ〈グラン・バハムート〉が盛り上がってきてるんですよ！」

「すごい量の仕事だな。ちょっと前までの状態を知っていると夢みたいだ」

　以前は閑古鳥が元気に鳴いていたからな。

「きっとスプリングフェスティバルで優勝できたおかげです。そのおかげで〈グラン・バハムート〉の知名度が上がったんですよ。つまりまとめると、仕事が増えたのはあのときに私を導いてくれたヴィル様のおかげということなんです！」

　なるほど。春のお祭りのときのギルド対抗戦だな。

　たしかに俺はあのとき、アーニャが優勝できるように指導をしてあげた。

　アーニャは俺が育てたんだ。他の誰でもない俺だ俺。あのときの努力が実を結んで俺も鼻が高いぜ。

「ははは、優秀な俺が指導したんだから、これくらいの成果は簡単に出せるさ」

「はいっ、さすがはヴィル様ですっ。本当に感謝していますっ」

　良かった良かった。あのとき色々と頑張って本当に良かったなあ。

ココアを飲む。美味しい。

このココアだってあの頑張りがあったからこそだろう。前にここにいたときにはココアは一回も出なかった。

ココアを楽しめるくらいにアーニャの生活に余裕(よゆう)がでてきた証拠(しょうこ)だ。ココアってまだちょっと高いからな。

あれ、でもアーニャの表情が少し陰(かげ)っている？　俺に言いにくいことがありそうだ。

そういえば、何かあるってミューちゃんも言っていたっけ。

抱(かか)え込ませるのはよくないな。聞こう。

「アーニャ、何か困っていることでもあるのか？」

「あ、その……。本当に恥ずかしい話なのですが……」

「なんでも言ってくれていいぞ。そのために俺がここにいるんだ。しっかりアーニャを支えるよ」

アーニャは一瞬だけ迷った表情を見せた。そして語りだす。

「実は仕事が増えた関係で……、これは嬉しいことなのですが、これまで来なかったような難しい依頼(いらい)も来るようになったんです。具体的に言うと難易度がCランク以上の依頼ですね。それの攻略(こうりゃく)が私にはとても困難でして……」

なるほど。アーニャは薬草採取とか簡単なクエストしかできないもんな。もう一人のギルド会員のソフィアさんだってDランクまでの攻略が限界だった。

「アーニャ、それなら何も心配はいらないぞ。難易度の高いクエストは俺がぜんぶ攻略するからさ」

アーニャの表情が明るくなった。

「本当ですか？　それはとてもありがたいです。でも、できればなんですけど、よかったら私に勉強をさせて頂けないでしょうか？」

「勉強？　というと？」

「私はギルドマスターですから難しいクエストでもこなせるようになりたいんです。ヴィル様に難しいクエストの攻略方法をぜひ教えて頂きたいと思いまして」

「ああ、なるほどな。いいぜ。たしかにギルドマスターはどんなクエストでもこなせるようにならないとだもんな。アーニャの成長のために俺は全力でサポートするよ」

まるで春の花が咲いたような笑顔を見せてくれた。かわいい。アーニャはやっぱり笑顔がいいな。

「ありがとうございます！　では、早速(さっそく)……」

「ソーダネ。でも待つミュー。今日は雨が降っているから明日にするミュー」

たしかに。雨の日の山は危ない。

湿った道は滑りやすくて転倒の危険性があるし、身体が濡れると体力をどんどん奪われてしまう。あと、魔獣の気配を察しづらいっていうのもあるな。

だから雨の日は緊急でもなければクエストには出ない方がいい。

「ミューちゃんの言う通りだな。今日はこんな雨だし明日にしよう」

「はいっ。明日よろしくお願いしますっ」

今日はアーニャとのんびり過ごすことにした。

俺がいない間にどう過ごしていたのかとか、話は何時間も尽きなかった。

◇

夜の時間が近づいてきてアーニャは料理を始めた。

かわいいエプロンをつけたアーニャは愛らしいなんてものじゃないぞ。歌ったり野菜に語りかけたりして反則級のかわいさだ。

ずっと見ていたい。あのかわいいお尻を。じゃない、かわいいアーニャをだ。

……むむ。青い蛍光色の発光体が窓の向こうにいる。

下半身はにょろにょろ。上半身は人の形。

オバケだなあ。窓の向こうからこっちに手を振ってきた。

アーニャを連れ去る気だろうか。中途半端に実体化しているオバケだから顔がある。目と口だけの単純な顔だけどな。

その顔を窓に押しつけてきた。この家に入って子供を攫おうとしているのか、それとも驚かせたいだけか。

アーニャがオバケに気がついた。窓を見てビクンとした。

「ひゃーっ」

小さく悲鳴をあげた。かわいい声だった。

「ヴィル様、ヴィル様ーっ」

アーニャがピューッと凄いスピードでやってきて俺の背中に隠れた。

「ははは、アーニャはオバケが苦手なんだな」

「に、苦手じゃないですっ。そんなに子供じゃありませんっ」

「クララみたい」

「ツ、ツンデレでもありませんよっ」

オバケが満足そうにケラケラ笑う。アーニャが怖がってくれたから喜んだんだろう。

アーニャを攫いたいんじゃなくて怖がらせたいだけだったみたいだな。怖がらせることだってオバケの本分だ。

「あ、そうだ。ランプ。ミユ、ミユーちゃーん、ちょっといいー？」

アーニャが二階の俺の部屋を掃除してくれているミユーちゃんを呼んだ。ソーダネと返事がきた。

「お外のランプを灯してくれるー？」

またソーダネと返事がきた。

アーニャは自分で外に出てランプを灯すのは怖いんだろう。あのくらいの強さのオバケなら力が弱くて子供は攫えないんだけどな。

ミユミユミユミユミユミユと急いで掃除をする声が聞こえてくる。ミユーちゃんがドタドタ歩いてキッチンに来た。

「よく考えたらランプくらいニートやろうでも灯せるミユー？」

「よく考えなくてもそうだよな。フッ、ミユーちゃん、無駄に急いだな」

「ソーダネ。分かってるのならニートやろうがやってくれミユー。本当に重い腰だミユー。

さすがニートやろうだミユー」

ミユーちゃんが魔法のマッチを持った。そして裏口のドアを開けて外に出る。ランプはそのドアにかけられている。

ちなみに魔法のマッチは、一本で何度でも火が点く経済的な便利道具だ。

あれ、よく考えたらミューちゃんに火って大丈夫か。全身もふもふだぞ。毛が燃えそうだけど——。

「ぎゃーっ、熱っついミュー！」

やっぱりか……。なんかすまん……。

心配だから顔を出してみた。ミューちゃんは手を雨に当てて湿らせていた。

「大丈夫か？　手が燃えたのか？」

すごく恥ずかしそうにするミューちゃん。

「フッ、ニートやろうごときに心配されるほどやわじゃないミュー」

じゃあいいか。

ランプの火はしっかり灯っている。

オバケがどこかへと飛んで行くのが見えた。

ミューちゃんと一緒に室内へと戻る。アーニャがホッと胸をなで下ろしていた。


しばらく待つと晩ご飯ができあがった。

アーニャが綺麗に揚げてくれたコロッケだ。キャベツの千切りが山盛りに添えられていて俺の食欲を限界までそそってくる。

かぼちゃのスープも美味しそうだ。

アーニャが俺の前に丁寧に皿を置いてくれた。香りがもう既に美味しい。あと愛情のせいか料理が輝いて見えるよ。

「さあ、ヴィル様、たーんとお召し上がりくださいませっ」

「ああっ、めいっぱい味わって食べるぜ！　アーニャの手料理、待ってました！」

アーニャ特製のソースをかける。さっそくコロッケから食べてみた。

「うほーっ、ほっくほくで温かい。じゃがいもの旨味に奥行きがあるよ。これは何個でも食べられる！」

衣はさっくりだしソースは濃厚。コロッケとソースが舌の上でまざりあって俺を楽しませてくれる。美味しさ百点満点だぜ。

「本当に超美味しいよ。さすがはアーニャだ！　料理上手！　プロ以上！」

「お粗末様です」

これだよこれ。このアーニャの愛のこもった手料理だよ。これがあるから頑張ろうって思えるんだ。生きる活力だよ。

うっ……。この一ヶ月半のひきこもり生活を思い返すとちょっと涙が出てきた。うちの料理は日に日に愛が無い料理になっていったからな。

今日はビーフステーキですよと出されたのに皿には野菜だけしか載っていなかったりとかさ。父の企てだよな。本当に愛がない家庭だったぜ。

「ゲーッ。ニートやろうが涙を流したミュー。すっごく気持ちが悪いミュー」

「すっごく気持ち悪いとか言うなよな。人間ってやつはなー、温かい料理を食べると張り詰めていた気持ちがゆるんでついつい泣いちゃうもんなんだよ」

魔獣には分からないだろうけどさ。

「ミュー？　ひきこもりがどうやったら気持ちを張り詰められるんだミュー？」

痛いところをついてくる魔獣だな。

「ひ、ひきこもりにだって色々とあるんだよ」

「食っちゃ寝するだけじゃ……」

「風当たりが強いんだよ」

「そんなの当たり前ミュー。イヤなら働け、ニートやろう」

ミューちゃんは厳しいぜ。

でもこの料理の味は優しいぜ。だから料理に集中することにした。

あー、美味しいー、スープが胃と心に深く染み渡る。

アーニャが自分のコロッケをフォークで取って俺の口に向けてくれた。

「ヴィル様、はい、あーん……」

聖母だ。聖母の温かみだ。聖母に間違いない。

アーニャが本物の母親に見えてきた。なんて温かい女の子なんだ。こんな母親が欲しい。むしろ母親になってくれ。って、何を考えてるんだ俺は。アーニャは一二歳なのに。

でも、あーんはするぞ。

「あーん……」

恥ずかしがりながらあーんで食べさせてもらった。さらに一〇〇倍美味しくなった。

「最高だ。本当にすごく美味しくなった。でもなんであーんをしてくれたんだ？」

「ヴィル様が元気になってくれると思いまして。……ダメでしたか？」

「いや、めちゃくちゃ元気になったぜ！」

「よかったです！　コロッケはまだまだいっぱいありますから、お腹いっぱい食べてくださいね！」

「やった。いくらでも食べるぞーっ」

俺、アーニャの料理がおふくろの味になるかも。そう思うくらいに美味しい料理だった。

第2章★★★ひきこもりは魔獣の好きな珍味を味わう

「さっさと起きんか、このニートやろうーーー！」

「うっぎゃあああああああああああああああああ！」

びっくりした。ああ、びっくりしたー。

ベッドをひっくり返されて起こされたよ。

俺を起こした張本人を確認する。ミューちゃんだった。

部屋のカーテンを容赦なく開けられてしまったぜ。朝陽が目に当たって眩しいなんてものじゃない。

「まったく。ニートやろうは相変わらず自分で起きられないミューね」

「まったく。ミューちゃんは相変わらず俺の起こし方が下手だな。いてててて」

ベッドから落ちたときに受け身が取れてなくてダメージを受けてしまった。ひどい朝だ。

「ニートやろうの起こし方なんて雑でじゅうぶんだミュー」

ニマッとミューちゃんが笑った。俺が迷惑そうに起きたことに喜びを感じたようだ。ド

Sかよ。

「優しく起こして欲しいのならちゃんと真面目に働くといいミュー」

「それは厳しい条件だな。やれやれ……」

欠伸をしながら起き上がってみた。ゲッ、まだ朝の九時だ。ひきこもりが起きる時間じゃない。

カーテンを閉めた。ベッドを元通りにする。布団にサッと潜る。

「俺、もう少し寝るわ。おやすみー」

「二度寝すんなやーーーーー！」

「うっぎゃあああああああああああああああああ！」

またベッドをひっくり返された。

くそー。ミューちゃんには人の心が無いのか。まああるわけないか。だって魔獣だもの。

「なあ、ミューちゃん、なんで今日は早起きしないとなんだ？」

「なんでって、晴れたから。お嬢はもうクエストの準備を終えているミューよ」

なんだっけ、それ。あ、思い出した。

「そうか。今日はちょっと遠い山に行くかもだったな」

完全に寝ぼけていた。仕方がない。お仕事を頑張るとしますか。

◇

かわいらしいリボンでポニーテールを作ったアーニャと一緒に家を出た。

アーニャの案内で、まずはご近所にあるボーンズ魔具店というところに来た。

ドアにつけられた鐘がカランカランと響きの良い音を立てる。

ちょっとほこりっぽいけど雰囲気のある店だ。

魔法の武器や薬品、本、それに魔力のこもった日用雑貨がたくさん並んでいる。いかにも魔法使いとか魔女がいますって感じで店内は少し暗い。

しかし、店員がいないな。

アーニャが店の奥に向かって、おそらくは店長の名前を呼んだ。フランキーという人らしい。

店の奥からどたどたと走ってくる人がいる。

一見すると七〇近い。短髪の頭は真っ白だし顔には皺が入っている。でも瞳は若者みたいに活き活きしている。

「アナちゃんか！　よく遊びにきてくれたな。さあ、あがっていってくれ。お菓子あるぞ！」

「フランキーさん、こんにちは。腰と膝の具合はいかがですか？」

「いや、ぜんぜんダメだな！　あっはっは！」

ちょっ。いま全力疾走で店に出てきたのに。

「フランキーさん、もっと身体を大事にしてくださいっ」

「俺はそんなことよりもアナちゃんとの時間を大事にしたいっ」

この人は何を言ってるんだろう。

「私よりもフランキーさんの身体の方が心配ですっ」

「え、じゃあマッサージしてくれるか？　裸足で俺の背中に乗ってくれっ。さあ、さあ！」

キリッとして何を言っているんだ……。

「余計に腰が悪くなりますっ」

「そんなことないんだけどな……」

いや、あるある。

あ、フランキーさんが俺を見た。複雑そう～な顔をする。

「アナちゃん、この冴えないにーちゃんは？」

「えへへ、未来の私のお婿さまですっ」

フランキーさんに雷が落ちたような衝撃があったようだ。

「な、なんだってーーー。うわあ、こんなのしかいなかったのか！」

うぎゃーっ。こんなのとか言わないでくださいっ。

ひきこもりの心は繊細な壊れ物なんですっ。ガラス細工みたいに大事に扱ってください。

「いくらなんでも俺の方がイケメンじゃないか？」

「それはありえませんっ」

ズガーンとフランキーさんの心に衝撃があったようだ。肩が落ちてしょんぼりする。

「もうー、フランキーさんはいつも冗談が好きなんですからー」

「アナちゃん、追撃はっ、追撃はやめてくれっ。ちくしょー、この冴えないのよりは俺の方が上だと思ったんだけどなあ」

フランキーさんが俺をちらっと見る。深い溜め息を吐いた。

「あのー、フランキーさん、今日は一番良い喉薬を作って頂きたくて」

「一番良い喉薬？　あー、それは素材が無いから無理だ。あれは依頼が来てから素材をとってくるやつだな」

「その素材というのは……？」

フランキーさんが顎をさすりながら少し考えた。

「ピンクトリュフって言うんだが……。アナちゃん一人だとまだ危ないかな。アナちゃんがママのアンジェリーナくらい剣の腕がたてば問題ないんだが」

「あ、俺が一緒についていくんで問題ないですよ？」

「そういえば、にーちゃんの名前、聞いてなかったな」

「ヴィルヘルム・ワンダースカイです」

「ああ、ロバートのところのぼっちゃんか。ひきこもりはもういいのか？」

「見ての通りです。父のご友人なんですか？」

「ああ、ついこのあいだ一緒に酒を飲んだ。どうにかして戸籍をいじって長男を次男にできないかって真剣に悩んでたぜ。ぼっちゃんに家を継がせたくないんだとよ」

あのクソ親父……。そんなことできるわけがないだろう。

「ま、まあうちの話はともかく。俺は強いんで問題ないです」

「そうみたいだな。ちなみに、誰が喉を悪くしたんだ？」

それはですね、とアーニャが説明をしてくれた。

教会の聖女が喉を酷く痛めたこと。治すには一番良い喉薬を使わないとダメだと医者に言われたこと。

聖女は今の時期に歌うことが多いから早めに治療をしたいってことも伝えた。

「ああ、そりゃ大変だな。聖女はこの時期は特に忙しいからな。素材を持ってきてくれたら俺が一日で喉薬を作るからよ。二人で頑張ってきてくれ」

俺とアーニャ、二人で「はい！」と元気よく返事をした。

クエスト「教会の聖女のために一番良い喉薬を作ろう」が始まった。Cランクだ。

舞台は、ここ、オバケ谷っていう場所だ。

雨季には霧がいつも出ていてじめじめしている場所だな。珍しい魔獣や植物が多いから、ギルド戦士はレア素材を求めてよくここに来る。

今回の必要素材のピンクトリュフもこの時季のこの場所にしか生えないレアな素材だ。魔力を強く溜め込んでいるらしく、薬に調合することで強力な効果を発揮するらしい。

聖女のためにも頑張るぞ。

「ヴィル様、いましたーっ。あれがきっと、フランキーさんの教えてくれたオバケヤマネコさんですよっ」

「本当だ。名前の通りオバケみたいな魔獣だな」

霧に紛れるようにしてふよ〜っと低空を浮遊しているヤマネコがいる。毛は白黒の虎柄だ。街にいる猫よりはだいぶ獰猛そうだな。

足はオバケみたいににょろにょろで背は立っている。手をちょこんと下に向けているのがオバケっぽい。

ちなみにあの魔獣、鼻が良くて、土に埋まっているピンクトリュフを器用に掘り出して収集するんだと。

フランキーさんからの情報によると、あいつが巣に集めたピンクトリュフを奪う……いや、提供してもらうのが攻略のキモだそうだ。

「しかし、問題はあいつをどうやって怖がらせるかだな。あの魔獣は怖がると巣にある宝物、つまりピンクトリュフをくれるらしいが――。面白い習性の魔獣だけどちょっと面倒くさいよな」

さて、どうやって怖がらせるか。大きな音でも出せばいいのか。

「ヴィル様、私、魔獣を怖がらせることに関しては一家言ありますよっ」

アーニャがえっへんと胸を張った。

まだまだ小さいお胸だ。揺れるにはまだまだかかりそう。

「自信があるんだな。じゃあ、アーニャのお手並みを拝見させてもらおうかな」

「はいっ、私、頑張りますねっ」

アーニャがかわいらしく走ってオバケヤマネコに近づいていく。オバケヤマネコが手を高く掲げて威嚇のポーズを取った。かわいい。

「こんにちは、オバケヤマネコさん。私、あなたを怖がらせてみせますよ～。うまくできたらピンクトリュフをくださいねっ。さあ、私をよーく見ててくださいっ」

いったい何をするんだろうか。大きな声でも出すのか。

アーニャがなぜかポニーテールを解いた。

そして、下を向いて長い髪を前にもってくる。

アーニャの顔がぜんぶ髪に隠れたぞ。あれでは前が何も見えないんじゃないだろうか。

その髪に隠れた顔をオバケヤマネコに向ける。

ああ、分かった。あれってよく大人のお姉さんがちっちゃい子にやるあれだ。髪で顔を隠して私はオバケだぞ～って言ってちっちゃい子を楽しませるやつ。

「はい、私はオバケですよ～。すごく怖いですよ～」

アーニャは手をオバケみたいにちょこんと下に向けた。

そして、身体をオバケみたいにゆらゆら揺らす。

ああ……、かわいい……。

なんてかわいいんだよ、アーニャ……。

あまりにもかわいくて口のにやにやが止まらないぜ。あんなにかわいい女の子と巡り会えたこの人生に感謝したい。神様、どうもありがとう。

アーニャがゆらゆら揺れる。かわいい。

アーニャが手を高く掲げる。かわいい。

「怖いですよ～。怖いですよね～。ね～？　ね～？　怖がってください～。ガ、ガオ～？」

ジーッとアーニャを見ていたオバケヤマネコ。顎に手をやり、真剣にアーニャを見て考える様子を見せる。

しかし、何も響かなかったようだ。

オバケヤマネコはわざとらしく、フッとバカにしたように笑った。そして煽るような顔をアーニャに見せた。お前の怖さはそんな程度かよ、ププーッて言いたげだ。

「がーーーーーーーーーーーーーーーん！」

アーニャ、ショックを受けて茫然自失だ。

かわいく膝を折って地面に両手をついてしまった。

俺はアーニャの隣に行った。肩に優しく手を置いてあげる。

「アーニャ、俺はな、すっごくかわいかったと思うぞ」

「か、かわいいじゃダメなんですっ。怖がって欲しかったんですっ。今の、ご近所の子供たちがたくさん怖がってくれた私のとっておきだったんですっ」

その子供たちもきっと心の中で思ってる。アーニャちゃんかわいいって。だって本当にかわいいし。

「私、負けません」

アーニャがキリッとして立ち上がった。髪を両手ですくうようにして後ろに戻す。

「こうなったらギルド戦士らしく実力行使でいきますっ。私の強さを見せつけて怖がってもらうんです」

「ああ、それでいいと思うぞ」

アーニャが腰に帯びている細くてかわいい剣を抜いた。愛用のロッドも持ってきてはいるけど、剣を練習中みたいだし経験を積みたいんだろう。

「さあ、いきますよーっ。オバケヤマネコさーん！」

ぴょーーーーん、ぴょーーーーん、ぴょーーーーーーん。

アーニャが一歩一歩片足ジャンプしてオバケヤマネコに迫っていく。

んんん？　アーニャのあの不思議な動きはなんだろうか。最近の女の子のはやりの動きか何かか？

うーん……、あれじゃあ隙だらけだな。あんなにジャンプばっかりしていたら攻撃をするにしても防御をするにしても力が入らないだろう。

オバケヤマネコがアーニャを見てとてもつまらなそうにした。

アーニャの一〇倍くらいの速度で間合いを詰めて、猫パンチ、というか猫アッパーを繰り出す。

あーあ、くらっちゃった。そりゃあ、隙だらけだもんなあ。

アーニャがそこらの木々の背と同じくらいの高さに舞い上がってしまった。

「きゃーーーーーーーーーーーーっ!」

「ニャーーーーーン!」

落ちてきたアーニャをオバケヤマネコがまたもアッパーで空へと打ち上げた。

さらに、オバケヤマネコは落ちてきたアーニャをアッパーした。

もういっちょオバケヤマネコがアッパーした。

あれは、空中ハメコンボ!

あいつ完全に遊んでやがる。アーニャが落ちてこないぞ。戦闘経験の少ないアーニャじゃあ、あのハメ技からは抜けられないだろう。

「きゃーーーーーーーーーーーーっ。ヴィル様ーーーっ、ヴィル様ーーーっ!」

アーニャは目がぐるぐるになっている。体力を削られきるのも時間の問題だ。

「アーニャ、すぐに助けるからなっ」

オバケヤマネコはCランクだ。アーニャからしたら強くても俺からしたら超弱い。

俺はオバケヤマネコに察知できないくらいの超速度で跳び上がった。アーニャをお姫様だっこで救出。木の根元にそっと下ろした。

あ……。うあ……。これは……。しまったあ……。

ちょっと張り切り過ぎた。俺の筋肉が悲鳴をあげたぞ。

明日の筋肉痛が確定してしまったよ。ひきこもりからのリハビリ無しで全力ジャンプなんて控えるべきだった。

だが、筋肉痛になるのは明日だ。どうせ筋肉痛になるのなら今日は思い切り暴れてやろうじゃないか。

「うおおおおおおおおおおおおおっ！　てめーのせいで筋肉痛になったろうが！」

完全に八つ当たりだ。オバケヤマネコがいったいなんの話だと言いたげだ。気にせずに腹パンしてオバケヤマネコを空に打ち上げる。

オバケヤマネコが空中でわたわたする。

「ふはははははははははははっ。空中ハメコンボ返しだ。Cランク魔獣ごときが、優秀なこの俺に勝てると思うなよーっ」

この拳に八つ当たりの気持ちをたっぷり込めて――。オバケヤマネコをパンチしては空に打ち上げ続けていく。

俺は木から木へとジャンプしつつ、オバケヤマネコに攻撃を加えて決して地面には落とさない。

二〇回ほどコンボを決めたところでオバケヤマネコが目をぐるぐるにした。

ふっ、余裕だぜ。俺はオバケヤマネコを地面に下ろした。

オバケヤマネコは土下座した。実質、俺への敗北宣言だ。

「魔獣にも土下座の文化ってあったんだな……」

「猫背でちっちゃく丸まってかわいいですね」

たしかにかわいいかも。

オバケヤマネコは俺たちを巣に案内してくれた。三分ほど歩いたところにある太い木のうろが巣だった。

オバケヤマネコがその巣に入って、両手で大事そうに大剣を持ってくる。それをそーっと俺たちに差し出した。

魔獣オバケヤマネコは身の危険を感じると大事な宝物を差し出す習性がある。つまり、この大剣で勘弁してくれってことなんだろう。

ていうか、どこで拾った大剣だよ。これがこいつの宝物なのか。けっこう高そうな大剣だけどなー。

「あのな、欲しいのはこれじゃないんだ」

オバケヤマネコがビクッとした。腕を組んで斜め下を見て考える。うーん、と考えてハッと思いついたことがあったようだ。

巣に戻って別の宝物を持ってきた。

俺にスッと差し出してくる。綺麗なお姉さんの描かれた、いかがわしい本だった。ニヤニヤ笑って俺に手渡そうとする。

「ちょっ。いるか、そんなもの。なんで魔獣がそんな本を宝物にしてるんだよっ」

すっげーショックを受けた顔をしてやがる。同志じゃないのかって顔だ。失礼な。

まあ、見てみたい気持ちは俺の中に無いではない。が、筋肉痛になってまで頑張ったんだから、本来の目的は見失わないぞ。

「もっとピンク色の物があるだろ？」

察したようにオバケヤマネコは手をポンとした。

巣に戻って何やら持ってくる。俺は受け取って確認してみた。

「って、女の子用のピンク色のパンツやないかーいっ。しかも、思春期年代の子が穿きそうなやつ。たしかにピンクだけどさあ。お前、いい趣味してるなあ！」

アーニャの手前、返品せざるをえない。受け取ったら教育上よろしくないしな。

これも違うのかとオバケヤマネコは顎に手をやって悩む様子を見せた。俺のことをジッと見て考え込み始める。

「あのー、ピンクトリュフを頂けませんか？」

オバケヤマネコがビクッとした。俺の方をジーッと見てくる。喋ったのはアーニャだぞ。

「ピンクトリュフです。ピンクトリュフ。地面に埋まっている珍味です」

オバケヤマネコがあさっての方を向いた。汗がだらだら出ている。口笛なんて吹き始めたぞ。こいつ、しらばっくれるつもりか。

「では、家探しをさせてもらいますね」

アーニャが巣へ歩き出した。ギョッとするオバケヤマネコ。

「ニャーーーー。ニャーーーーー！」

アーニャのスカートを必死につかんで止めようとするオバケヤマネコ。

「あ、スカートはダメですよっ。ヴィル様にパンツが見えてしまいますからっ」

いいぞ、もっとやれー。

「ニャーーーーーーッ。ニャニャーーーーーーッ」

見えっ、見えっ、あと一歩だ。そうだそこだ。頑張れオバケヤマネコッ。負けるなオバケヤマネコッ。俺のためにっ。

「きゃーっ、ダメです。ダメなんですってば」

おっ、おおおっ、おおおおっ。

よくやったオバケヤマネコ。ありがとうオバケヤマネコ。この恩は忘れないぜオバケヤマネコ。

「ピンクトリュフをくれるのなら巣には入りませんから。ですから離してくださーいっ」

人語を完全に解する魔獣だな。

オバケヤマネコは大きく溜め息を吐きながらスカートから手を離した。肩を落として巣に入って行く。

顔を真っ赤にしたアーニャ。潤んだ瞳でチラッと俺を見た。

「み、見え……ちゃい……ました？　私のパンツ……」

「残念ながら何も見えなかったんだよなあ」

「それは良かったですっ。今日の黒のレースのパンツは、私にはちょっと大人っぽすぎたなって思ってまして」

「え？　ピンクのチェック柄だったぞ？　あれは超かわいかっ――――。ハッ――――」

アーニャがジト目になった。

「ヴィル様はとってもエッチです」

「ちがっ、違うんだアーニャ！」

オバケヤマネコが巣から戻ってきた。

「ニャー……」

すっごーくイヤそうにしながら両腕いっぱいにピンク色の丸っこいのを持っている。

お、やった。話題を切り替えてくれてありがとう。

「ヴィル様、これがきっとピンクトリュフですよ！」

「やったな、アーニャ！」

これでクエスト攻略完了だ。

二人でハイタッチした。パンツの話は流れてくれた。やったぜ。

「さすがヴィル様ですっ。Cランククエストを攻略してしまうなんて本当に凄いです！」

数十個あったピンクトリュフを遠慮無くぜんぶ頂いた。

オバケヤマネコは切なそうにしていた。

ピンクトリュフが大好物らしいからな。また土の中から見つけてくれな。

ん？　アーニャがリュックをごそごそしているぞ。取り出した物をオバケヤマネコに手渡した。

「よかったらこれを食べてくださいっ。私の手作りクッキーですよ」

オバケヤマネコが紙の包みを器用に開けた。たくさんのクッキーだ。

でも、オバケヤマネコは興味ないって顔をしている。

つまらなそうにクッキーを一つだけ取って口に入れた。

するとオバケヤマネコは目を見開いた。肉球を口に当てて驚いている。美味しかったみたいだな。

さすがアーニャ。めでたしめでたしだな。

「ところでアーニャ、俺の分のクッキーはあるのか？」

「また作りますねっ」

しょぼん……。俺も食べたかったぜ……。アーニャの手作りクッキー。

きっと俺のためにおやつで持ってきてくれたやつだったんだろうな。あーあ……。

◇

オバケ谷からギルド〈グラン・バハムート〉に戻ってきてから、アーニャはすぐに晩ご飯を作ってくれた。

「ヴィル様ー、ピンクトリュフをふんだんに使ったポトフができましたよっ。どうぞ、たーんとめしあがってくださいませっ」

テーブルについて今か今かと待っていた俺は料理を運ぶのを全力で手伝った。

アーニャが深皿によそってくれたポトフを見てみる。

牛肉や野菜、それにオバケ谷で取ってきたピンクトリュフがたくさん入っている。香辛料に混ざってピンクトリュフの甘い香りが漂ってくるぞ。

なんとも言えない香りだ。さすがは珍味と言われるだけのことはある。フルーツの香りだろうか……いや、もっと甘い香りだな。

ちなみに、これは喉薬に使わなかった分のピンクトリュフだ。フランキーさんが美味しいから食べてみなっていうから食べてみることにした。

「なんか食べるのが楽しみだな。俺、ピンクトリュフって初めてなんだよな」

「ソーダネ！　お菓子みたいな甘い香りがするミュー」

「あ、そうかも。子供向けの甘いお菓子を上質にしたような香りかな。これ、良いレストランで食べたら数万ゴールドの高級料理になるらしいぞ。味わって食べようぜ」

アーニャがエプロンを外して俺の正面の席についた。

さあ、いただきますだ。みんなでまずはピンクトリュフを食べてみた。

「……あれ？　味は、あんまりしないな」

「味は無いみたいですね。でも、口の中にとても甘い香りが広がりました」

「本当だ。鼻から甘い香りが抜けていくのが楽しいな」

「ソーダネ！」

あ、これクセになるやつかも。パクパク食べてしまう。ポトフに入っているジャガイモや牛肉にもよく合うぞ。

辛口の葡萄酒と合わせたらさらに味わい深そうだ。

「そういえば、フランキーさんがピンクトリュフには当たりがあるって言ってたんだよな。あれは何のことだったんだろう」

「当たり？　中にお酒かチョコレートでも入っているミュー？」

「いやー、詳しく聞けなかったんだ。ニヤニヤしてばっかりでさ」

アーニャがなぜか吹き出した。

「ぷっ。うふふふふっ。あはははははっ」

俺とミューちゃんがアーニャを見た。

アーニャはニコニコしている。かわいい。けど、なんで笑ったんだろう。

ピンクトリュフを口に入れた。やっぱり味はしない。

鼻からスーッと甘い香りが抜けていく。その感覚がスゲー楽しい。俺は好きだな。

「俺、ひきこもりなのに高級食材をパクパク食べてしまっていいんだろうか」

「ぷふーっ。くすっくすっくすっ」

アーニャが口を押さえてかわいく笑っている。

俺は何を笑われたんだろうか。ミューちゃんも首を傾げている。

「お嬢、今のニートやろうの言葉はそんなに面白かったミュー？　脳みそ入ってないかもしれないくらいにつまらなかったのに……」

おい、それは言いすぎだ。脳みそはある。ただ、ひきこもっている間に腐ってるかもしれないだけだ。

「きゃーっ。あはっ、あはっ、あはっ、あはーっ。ミューちゃんがミューミューミューーって言ってますーっ。うふふふふっ」

アーニャがお腹を押さえて笑った。恥ずかしかったのか下を向いて顔を隠した。

肩をクッ、クッ、クッみたいにして笑っている。かわいい。

やっと落ち着いたのかアーニャが顔をあげた。少し恥ずかしそうにして水を飲む。

「なあ、アーニャ、ポトフってまだおかわりは残ってるか？」

「ぶっはーっ。あはははははっ。あははははははははっ！」

アーニャが盛大に水を吹いた。テーブルにアーニャの水が！

「ヴィ、ヴィル様ああ、笑わせないでくださいっ。もうーっ」

ええええええええ。

「今の言葉のいったいどこに笑う要素が……」

「面白さ一〇〇％ですっ」

「ソーダネ！　って、違うミュー。ぜんぜん面白くないミュー。ああ、もう布巾、布巾」

「ミューちゃんの腕でいいんじゃないか？」

「って誰の腕が布巾やねーん！」

「きゃはーーーーーっ。あはははははっ、あはははははっ、お、お腹が痛いです。もうっ、もうっ、もうっ許してください。これ以上笑ったら私はおかしくなりそうですっ」

アーニャが本当にお腹を苦しそうにしている。でも顔がニコニコしているから問題はないだろう。

ミューちゃんが布巾を取るために立ち上がった。そのときにもふもふな腕がフォークにかすってしまった。

　コロンとフォークがテーブルに落ちる。

「ぶふあーーーーっ。あははははははははははははははっ。あははははははははははっ。はははっ、げほっ、げほっ、げほっ」

　アーニャが笑いすぎてむせている。

　ミューちゃんが心配しながらフォークを皿に戻した。しかし、ちょっと皿を動かしてしまって今度はスプーンが落ちてしまった。

「あーーーーーははははははははっ。げほっ。げほっ。げーっほっほっ。あははははははははははははははははははっ。げほっ。うふふふふっ」

　笑ったりむせたり笑ったりむせたり。

「忙しいなアーニャ……」

「ソーダネ。いったいどうしたんだミュー……。笑顔の素敵な子だったけどここまで笑う子じゃなかったのに」

「ミューちゃん、俺、実は一つだけ思い当たることがあるんだ」

「ソーダネ。きっと同じことを思いついているミュー」

　アーニャがお腹を抱えながら椅子からこてんと落ちた。戻ってこようとして手を椅子につくが、そこでまた笑ってしまう。かわいい。

「つまりまあ、これがピンクトリュフの当たりってことだよな？」

当たりを引くとワライタケみたいな効果が出るってわけだ。ひたすら笑いまくってしまうやつな。

「ソーダネ！　実験してみるミュー！」

「そうだな！　なあ、アーニャ、ふとんがふっとんだ！」

「きゃはははははははははっ。きゃーーーはははははははは。あーっはっはっはっはっはっ。げほっ、げほっ、げほっ、ヴィ、ヴィル様、お願い、ですから、渾身の面白いギャグはやめてくださいっ、命に関わりますっ」

「え……、今の最高につまらないギャグなんだが……」

「きゃーーーはははははははははははははははーっ！」

ダメだこりゃ。

あ、誰かが裏口のドアの前にきた。この気配はソフィアさんだな。

ソフィアさんらしくドアが元気よく開けられた。

ひさびさのソフィアさんは相変わらず胸が大きくていらっしゃった。登場と同時にぽよんぽよん弾む弾む。俺の目を楽しませてくれるぜ。

ついでに大きなポニーテールも元気よくぴょんこぴょんこ揺れている。それもソフィアさんらしい。

「みんなこんばんはーっ。なんか楽しそうだねーっ。なにをしてたのーっ。およ、ヴィル君だーっ」

アーニャの笑い声が外にも聞こえていたんだろう。ソフィアさんはウッキウキな顔をしている。

「あはははははーっ。い、いらっしゃい。うふふふふっ」

「わー、アーニャちゃんが楽しそうだー。ねえ、何があったのーっ」

ソフィアさんは持ってきた紙袋(かみぶくろ)をミューちゃんに預けて、椅子にもたれかかっているアーニャのところへと行った。

ソフィアさんがアーニャを後ろから抱(だ)きしめるようにして顎の下を撫(な)でた。撫で撫でしまくってかわいがる。

「ねえ、ねえ、アーニャちゃーん、いったい何を笑ってるのー？」

「顎の下はっ。顎の下はダメですっ。うふふふふっ、うふふふふふっ。うふっ、あはっ、けほっ、うふふふふふっ」

あ、アーニャが笑うのを我慢(がまん)しだした。心を無にして凌(しの)ぐ気だ。

「楽しいことがあったんでしょう。ねえ、ねえ、ねえ？　あ、そうだ。私、美味しいビワをもらったんだよ。みんなで食べよう？」

「ビワ！　あははははははははははっ！　あははははははははははっ！」

「わあ、アーニャちゃんが笑ったー。でも今の何が面白かったのかお姉さんぜんぜん分からないよっ。それっ、こちょこちょこちょこちょーっ！」

「ちょっ、ソフィアさん、うふふふふふっ。脇の下もダメですっ。あはははは！　今、そういうのは！　あはははははは！　空気を！　あははは！　読んでください！　げほっ、げほっ、うふふふふっ！」

「笑いすぎていっそ苦しそうだねっ。アーニャちゃんは脇の下よりもお腹の横の方が弱いかな～？」

「ど、どっちもダメですっ。あーはははははははっ！　ヴィル様、ミューちゃん、た、助けて。うふふふふふふっ！」

アーニャがくねくねくねくねしてソフィアさんから逃れようとする。

しかし、ソフィアさんはこそぐるのをやめない。楽しそうにしている。

「えー、助けなくていいよー、楽しいしーっ！」

「このままだと笑い死んでしまいます。うふふふふっ。げほっ、うふふふふふっ！」

かわいいなあもう、とソフィアさんがアーニャを頬ずりしたり頭を撫で撫でしたりした。

笑いの限界突破をしてしまったアーニャは、もはや何をしても笑い転げてしまうのだった。本当にかわいい。


アーニャが笑い疲れてから、俺はソフィアさんに事情を説明した。

「へえー、ピンクトリュフって知らなかったなー。そんなに楽しそうなクエストなら私もついて行きたかったよっ」

ちなみに、アーニャは笑い疲れてミューちゃんのお腹に顔をうずめてぐったりしている。ご苦労様です。

「あ、ところでヴィル君。なんで今日はアーニャちゃんのおうちにいるの？　もうひきこもりはいいの？」

「そんな病気みたいに言わないでくださいよ」

「病気じゃなかったんだね」

「俺の性分ですね」

アーニャがぷふっと吹き出した。まだ治ってなかったか。

ソフィアさんがニコニコする。

「ヴィル君が復活してくれて嬉(うれ)しいなあ。クエストがいっぱい溜まってるし明日からは馬車馬のように働いてくれるんだよね。本当に頼(たの)もしいよ」

「あ、俺、明日は筋肉痛確定っす」

「えーっ、またそこからやりなおすの……。前もひきこもり明けはそうだったよね」

「ひきこもり明けの筋肉痛は避(さ)けられない運命なんです。オバケヤマネコが思ったより強かったせいもありますけどね」

「へえ～。オバケヤマネコって名前はかわいいのに強い魔獣(まじゅう)なんだね。そういえばオバケって言えばさ、ここのところ街で目撃(もくげき)情報が凄(すご)く多いんだよ」

「それは怖いですね。子供があの世に連れ去られないといいですけど」

　そうなんだよねー、とソフィアさん。手を下にちょこんと向けてオバケみたいな顔を作った。アーニャに後ろから迫る。

「アーニャちゃん、オバケに攫(さら)われないように絶対に気をつけてねー。ちゃんと寝(ね)る前にランプを灯(とも)しておくんだよ？　じゃないと攫われちゃうからね？」

　なかなか迫真(はくしん)のオバケ演技だった。

　しかし、アーニャはミューちゃんに顔をうずめているからぜんぜん見ていない。

　ちょっとがっかりするソフィアさん。でもアーニャは笑わなくなったな。もう大丈夫(だいじょうぶ)そうだ。

　ソフィアさんがアーニャの食べていたポトフに視線を移した。

「これがピンクトリュフ？」

「そうですね」

「アーニャちゃん、一個貰うねー。……あれ、味が無いよ？　でも、わあ、鼻から甘ーい香りが抜けていくよっ。これは面白い食材かも。うふふふふふっ。あははははははっ。あれ？」

　ソフィアさん、変なタイミングで笑ったな。

　もしかしたらソフィアさんも――。よし、遠慮無く試してみよう。

「ふとんがふっとんだ」

「あーーーーーーーーーーーーっ、はっはっはっはっはっはーっ。ヴィル君、最高のギャグを言わないでーーーーーーーーーーっ」

「最高につまらないギャグですが……」

「あはははははっ。あははははははははっ。あーはははははははははっ」

　ソフィアさんは俺を指差して大笑いした。

　アーニャがミューちゃんのもふもふから顔をあげた。ソフィアさんをジト目で見る。

なにやらアーニャがいたずらっこの顔になったぞ。

ソフィアさんに反撃する気か。ニコニコしながら指をわきわきしている。

ソフィアさんがゾッとした。

「あ、アーニャちゃん。何を考えているのかなー。お姉さん今ちょっと忙しくてー……」

「ねこがねころんだ！」

「ぶふーーーーーーーっ。あははははははっ、あーはははははっ！　なにそれうけるーーーーーーーーっ。あーはははははははっ！」

続いてアーニャのこそぐり攻撃だ。ソフィアさんに効果は抜群だ！

「うわーーーーーーーーーっ。ちょ、アーニャちゃん、物理攻撃は無しだよ。あははははっ、あははははははーっ。げほっ、げほっ、げほっ、あはははははははっ」

アーニャの笑かし攻撃が華麗に決まっていく。

ソフィアさんの笑顔は絶えず、とても賑やかな晩ご飯になった。

ちなみにあとでフランキーさんに聞いた話なんだが、ピンクトリュフの当たりを回避する調理法は、あまり知られていないがちゃんとあるらしい。ニヤニヤしながら教えてくれた。確信犯だった。

第3章 ★★★ ひきこもりはオバケのような少女に驚く

ふふふ、やっぱり筋肉痛になったぜ！　たまんないね〜！

起きようと思っても身体が起きないんだ。首を横に曲げるのすら激痛！　身体がガチガチに硬すぎてしんどいなんてものじゃない。

やっぱりひきこもりからのリハビリ無しで魔獣とのバトルはダメだったんだな。

というわけで、今日はひきこもるぜ！

ちなみに、アーニャはミューちゃんとクエストに行った。だから〈グラン・バハムート〉に俺は一人だ。ひきこもりなうえに、ぼっちやろうになってしまったな。

アーニャがいれておいてくれたコーヒーを温めて飲む。

ソファに頑張って腰をおろして楽な姿勢で新聞を開いた。これくらいしかできることがないっていうね。

「ふーむ、トップニュースは、と。もう空クジラが来る時期になったんだな」

雨季の風物詩だな。

ちなみに空クジラっていうのは大昔からずっと空を飛び続けている巨大な哺乳類だ。名前の通り、見た目はクジラ。

莫大な魔力を使って空を飛び続けている生き物だな。

毎年、同じ時期に来るんだよな。だから季節の風物詩扱いだ。

「えーと、次のニュースは、灯火送りの日程が決定か。まあ灯火送りは空クジラとセットだよな」

灯火送りは、大事な人が亡くなった翌年に魂と最後のお別れをするイベントのことだ。海で聖女の歌を聴きながら、亡くなった人への祈りを込めて灯籠を流す。

毎年、空クジラが来た少し後の時期に開催されている。

悲しいイベントだよな。でも大事だ。

「……今年は俺も参加だな」

アーニャとクララのパパの魂を天国へ送ってあげないとな。

他にはこれといったニュースは無かった。

暇だな。春にここで過ごしていたときの俺はどう暇を潰していたっけ。そうだ。アーニャの部屋の本を読ませてもらっていたんだった。

二階に上がってアーニャのかわいい部屋に入らせてもらう。

アーニャはミューちゃんと一緒に眠っている関係でベッドが大きいんだよな。

本棚に面白そうなのがないかを確認していく。

下の方の段にあった絵本「泣き虫ちゃんとオバケのバギー」が目についた。

「懐かしいな。この絵本。小さい頃に両親やリチャードに何度も読んでもらったっけ」

子供向けの定番絵本だ。

子供はこの絵本を読んでオバケに立ち向かう勇気というものを学ぶ。

雨季に家の前にランプを灯すのは、この絵本が元になって始まった風習だ。

なにせこの絵本の物語って夜にオバケが家に入ってきて子供を攫ってしまうからな。ランプを灯してさえいればオバケは来ないはずだった。オバケは明るいのが苦手だから。

……うちも気をつけないとな。なにせアーニャはかわいい。攫われてしまう確率が他の家の子よりも高そうだから。

◇

けっきょく、まだ読んでいない小説を見つけてそれを読むことにした。

庶民の子と王子様の恋のお話だ。時間を忘れて楽しんだぜ。

一日が経過した。今日もまだ筋肉痛が残っている。

ゆえに今日もひきこもることを俺はここに固く決意した。

アーニャはもうでかけている。今日は教会の日曜学校に行って、午後は礼拝堂で聖女と一緒に歌うらしい。

というか今日って日曜日だったんだな。ひきこもっていると曜日の感覚が完全に無くなってしまう。

休日なら働かなくていいや。堂々とひきこもろう。

レモンティーを飲みながらのんびり過ごした。

「こんにちはー」

おや？　店に誰か来たぞ。

はーい、と返事をしてから筋肉痛ゆえのぎこちない動きで俺は店に出た。

なぜ日曜日に限ってお客様が来るのやら。お客様も休めばいいのに。

お客様は公務員の制服を来た女性だった。髪は青くて上品な人だな。

「って、なんだ。リリアーナか」

急いで出て損した気分だ。リリアーナは俺の元同級生だ。

「ひさしぶりですね、ヴィルヘルム君。外の空気は美味しいでしょう？」

「いやー、ここ二日間ひきこもってるからよく分かんね」

まったく、とリリアーナは呆れていた。

「ここはあなたのおうちではありませんよ。心を入れ替えてそろそろちゃんと働きませんか?」

渋い顔をしてやった。

「そうだ。私が就職先を探してきてあげましょうか」

「探さなくていいよ。お前は俺のかーちゃんか」

「えっ、私の子になりたいのですか?」

「いや、それは勘弁」

だって絶対にひきこもれなくなるし。

「ヴィルヘルム君、あんまりひきこもり過ぎると脳みそが壊死しますよ?」

「そんな怖いこと言うなよな。ひきこもりだって精一杯生きてるんだ」

「え?」

「ひきこもりだって精一杯生きてるんだって」

「え?」

「ひきこもりだってなあ、精・一・杯・生きてるんだぞー」

「三回も言うほど大事なセリフですかそれ？」

「リリアーナが言わせたんだろ……」

ふふっと微笑するリリアーナ。俺は心にダメージを負った。いててて。

「で、いつから働きます？」

「言わないとダメなのか……」

「二二歳の女の子を働かせておいて、まだひきこもる気なのですか？」

「ぐふっ……。それを言われるときついぜ……」

いてててて。心がますます痛い。

「ヴィルヘルム君にも痛む心はまだ残っていたんですね」

「ちょっ、憐れみの目を向けるなよな。ただでさえ筋肉痛なんだ。心にまでダメージを負わせないでくれよ」

「はあ？　筋肉痛ですって？」

リリアーナがものすごいスピードでカウンターを回り込んで俺の隣に来た。

「ちょっと失礼します」

それだけ言って俺の胸板に綺麗な手の平を当ててくる。そして、さわさわ触ってくる。

手つきがいやらしいぞ。やめてー。

見せる。

一瞬、リリアーナがぐへへと言いたげな表情を見せた。一瞬だけ。

しかし、途端にリリアーナが真面目な顔になったぞ。むむ、と難しく考え込む仕草を見せる。

いやらしい手つきが止まった。

「……ヴィルヘルム君、この筋肉はダメです」

「筋肉に良いとか悪いとかあるのか？」

「あるに決まってます。私はあなたにお説教をしないといけないようですよ」

「えええ……」

面倒くさそう……。

リリアーナは子供に説教をするような目になった。

「ヴィルヘルム君、ダメじゃないですか。せっかくの素晴らしい筋肉が弱っています。どうしてこんなことになっているんです。さあ、正直に答えてください」

「それはだな、魔獣に空中ハメコンボを決めちゃったからだな」

「いったいどうしてそんなくだらないことをしたんですか！　筋肉が悲鳴をあげるほどやるなんて。そんな……そんな本当にバカなことを！」

リリアーナが涙目になった。

俺の筋肉をいったいなんだと思っているのやら。

「い、いや、仕事だから仕方なく」

「男の人はいつもそうやって仕事仕事と言うんです！」

「でも本当に仕事だったんだよ。教会からのさ」

「ひきこもりのくせにどの口がいっちょ前に仕事とか言ってるんですか！」

「それはたしかにそうだが……」

「いいですか、ヴィルヘルム君」

リリアーナが怖い顔で、ずいっとひとさし指を向けてきた。

「あなたの筋肉は芸術的で感触(かんしょく)も良くて性能も良くてまるで私に触られるために生まれてきたような理想の筋肉なんです。それをしょうもない理由で酷使していいだなんて決して思わないでくださいっ」

「お、おう……？」

リリアーナが涙目の怖い顔で俺に接近してきた。

「あなたの筋肉はもうあなただけのものではないんですよ」

「そ、そうか……？」

「ちゃんと分かってくれましたか？」

「あ、いや、でもさ、俺の筋肉は俺だけのものじゃないか？」

「あなたはっ、まだ何も分かっていなかったんですねっ！」

また涙目の怖い顔が近づいて来た。なんかもう面倒くさいな。

「分かったよ。リリアーナの言う通りだ。今度から気を付けるから。な？」

「本当ですよ？」

「本当だよ。本当。で？　本題はなんなんだ。何か用があってここに来たんだろう？」

こうなりゃ話題を変えるに限るぜ。

「ヴィルヘルム君の筋肉を触る以上の仕事なんてこの私にはありませんが……」

「仕事のしすぎで頭が壊死してないか……？」

「仕事？　そうだ。そうでした。仕事を持ってきたんでした」

けっきょくひきこもりの俺に仕事をさせるんかーい。また俺の筋肉が悲鳴をあげるぞ。いや、それは言うまい。今のリリアーナに口答えをすると面倒くさそうだし。

「ヴィルヘルム君、あのですね、出るらしいんですよ」

リリアーナが暗ーい顔を作った。何がと聞いてみる。

「おそらく幽霊（ゆうれい）やオバケのたぐいでしょうね」

リリアーナがオバケみたいに手をちょこんと下に向けた。

「立ち入り禁止の小さな廃城から夜な夜な不気味な声が聞こえてくるんです」

　リリアーナがオバケみたいにゆらゆら揺れた。

「公務員の調査員を派遣したのですが、廃城には人が住んでいる様子はありません。それなのに、怪しく叫ぶ声やおかしな物音がするんです。調査員はすっかり怯えてしまって、みんな仕事を休んでしまいました」

「いいな。仕事を休めて」

「あなたはいつも休んでいるでしょう？　まったくもう」

　リリアーナが腕を組んで呆れた。

「冗談はともかく。その廃城、時期が時期だし本当の幽霊やオバケがいるのかもな」

　雨季はあの世とこの世が一番近づく時期だ。だからあの世から幽霊やオバケが来るのはよくあること。

　廃城にも幽霊やオバケが来て悪さをしているのかもしれないな。

「そうなんですよ。というわけでヴィルヘルム君、調査をお願いしますね」

「俺をご指名なのか？」

「はい。ヴィルヘルム君のお父様が、幽霊やオバケの話ならひきこもってじめじめして暗いあいつに任せればいいだろうとおっしゃっていましたから」

「父上……。まったくあの人は」

「それに、ひきこもりなら怯えて仕事を休むことになっても何も問題はないだろうともおっしゃっていましたよ」

「それは一理あるな」

「納得されるのも私としては頭が痛くなりますが……。この件、しっかりとよろしくお願いしますね。近隣の人がとても怖がっていますので」

リリアーナが依頼紙を俺に手渡した。

正式な依頼先は〈グラン・バハムート〉になっている。ちゃんとした仕事として報酬が出るらしい。たいした額じゃあないけどな。

「では、私は戻りますね。ヴィルヘルム君、また筋肉を触らせてくださいね。今日は筋肉に会えて嬉しかったです」

俺に会えて嬉しかったと言って欲しかったぜ。

「リリアーナ」

帰ろうとしたリリアーナを呼び止めた。

「休日に働くのは控えめにしておけよ。働き過ぎは美容にも健康にもよくないぞ?」

「ヴィルヘルム君が公務員に就職してくれれば私の仕事量が減るのですけど、いかがですか？」

「……リリアーナサン、オシゴトガンバッテネ」

リリアーナががっかりしていた。

俺に労働を少しでも期待したのか。憐れな。ひきこもりの俺が休日出勤のあるようなところに就職するわけがないだろう？

教会の日曜学校は午前で終わりました。

午後は礼拝堂で聖女様と一緒に歌いました。曲は賛美歌とか童謡とかレクイエムとか色々です。

私、アナスタシアは歌うのが大好きなので楽しい時間でした。

「アナスタシアさん」

白い修道服に身を包んだ聖女様が声をかけてくれました。

聖女様のご年齢はヴィル様と同じくらい。長い髪が綺麗な心優しい女性です。

「あなたの届けてくれた薬のおかげで喉の調子がとても良くなりました。とても感謝していますよ。本当にありがとうございます」

「いえ、聖女様の歌声が戻って良かったですっ」

「私、この時期はどうしても歌うことが多いですからね。本当に助かりました」

「歌うイベントが多いですもんね。聖女様が歌えないとみなさん困ってしまいます」

そうなんですよと聖女様。

クララちゃんが近づいて来ました。黒いゴスロリドレスがとてもかわいいです。

「おーっほっほっほっほっほ！　お話中に失礼致しますわ。アナスタシア、ちょっとよろしいでしょうか？」

「うん、いいよ？」

「このあと、お墓参りに行くんですわよね。あなたがどうしてもとおっしゃるのでしたら、この私が一緒に行ってあげなくもないですわよ。いかがでしょうか？」

クララちゃんが縦ロールの髪をいじいじしながら聞いてきました。

誘いなさいよという珍しいお誘いです。クララちゃんはツンツンです。さすがのツンデレっぷりです。素直に一緒に行こうよって言えない子なんです。

クララちゃんの後ろから子供たちが走ってきました。

「アーニャ、アーニャ、一緒に遊ぼうぜー！」

いつも元気な褐色肌の男の子、ダニエル君に誘われました。

他にもたくさんの子たちがいます。男の子と女の子、合わせて五人です。年齢は九歳から七歳で私よりはちょっと年下です。

「ちょっ、あなたたち、先にアナスタシアをお誘いしたのはこの私ですわよっ」

「え、今、誘ってなかったよな……？」

「誘っていませんけど、アナスタシアに誘わせる予定だったんです。ブチ壊しではありませんかっ」

「俺、クララの言ってることよく分かんないんだけど……」

ダニエル君はクララちゃんのことをまだよく理解していないみたいです。

さっきの言葉はクララちゃん的には「一緒に行こうよ」って言ってるも同然なんですよ。

私は付き合いが長いからそれがよく分かります。

「クララちゃん、お墓参りに一緒に行こうね」

「しょ、しょうがないですわね。アナスタシアがそこまで言うのでしたら、この私が一緒に行ってあげなくもないですわよ。おーっほっほっほっほー」

クララちゃん、嬉しそうです。

「みんな、お墓参りの後で一緒に遊ぼうね。私、仕事があるから少しの時間だけだけど」

それでいいよー、と子供たちが嬉しそうにしてくれました。

「聖女様、それでは私たちはこれで失礼致します」

「はい、仲良く遊ぶんですよ。あ、そうだ。お墓の近くにある封印の剣は決して抜いてはいけませんからね。ダニエルさん、デーヴィットさん、ジョンさん、フリではありませんからね。封印が弱まっているんです。大人が対策をするまでは剣を触るのすら禁止ですからね？」

「なんで男子にだけ言うんだ……」

ダニエル君たちは不満そうにしていました。日頃の行いを聖女様はしっかり見ているんですよ？

あああーっ！

残念なことに聖女様の心配はフラグになってあっさり回収されてしまいましたっ。

つまり、お墓の近くにある封印の剣を抜いてしまったんです。

抜いたのは男子ではありませんでした。七歳の女の子のスカーレットちゃんです。赤いポニーテールがかわいい子です。

ちゃんと女子にもダメって言わないといけませんでしたね。

スカーレットちゃんはまだ小さいですけど、魔族の女の子ですから力が強いんですよね。封印の剣を軽々と抜いてしまいました。

「なーにをやっていますのおおおおお！」

「え、だって。剣を抜いてって剣に言われたから」

「そんな意味不明な声は聞こえませんでしたわっ」

魔力の強いスカーレットちゃんだからこそ聞こえたのかもしれません。

クララちゃんが大慌てで封印の剣を元の穴に入れました。でも遅かったようです。

剣から何か黒くて大きいものが飛び出してきました。

「アハハハ。アハハハハハハハ。長い封印から解いてくれてどうもありがとう！」

明るい口調ですけど、声は憎しみに溢れた恐ろしいものがあります。

いつのまにか空には暗雲が出ていました。

その暗い空に、封印から解き放たれた何かが浮かんでいます。

騎士の鎧を着た真っ黒い身体の何かが……。

あれは頭蓋骨の面を着けているのでしょうか。それともあれが顔なのでしょうか。

血のような赤い瞳が、私たちを見下ろしてきました。

「きみたちが僕を解き放ってくれたんだね！　かわいい子たちだ。アハハハハハ！」

大きすぎる口で笑顔をくれました。

私は、あの大きな口には本能的な恐怖しか感じません。

「さあ、きみたち、僕と一緒に遊ぼうか」

両腕を楽しそうに広げます。

「遊んで遊んで遊び尽くして、そのあとで、一人残らずじっくりと食べ殺してあげるからね――」

雷光が走り雷鳴が轟きました。

その邪悪な存在の赤い瞳には、強い憎しみの色がありました。

◇

いやに赤に近いオレンジ色の空だった。不気味なんてものじゃない。

俺、本当はこんな夕暮れの時間に廃城になんて来たくはなかったけど、仕事だからしょうがない。

リリアーナから依頼された「廃城から聞こえてくる怪しい音や声の正体を調査せよ」ってクエストを攻略しないとな。

ちなみに、クエストの難易度はDに設定されている。廃城は街にあるから、魔獣が出なくて危険性は低いだろうって判断らしい。

そのせいで報酬が安いのがちょっと残念だな。

調査だけで三〇〇〇ゴールド、解決まですれば六〇〇〇ゴールドだ。もう少しもらいたかった。

そうそう、ソフィアさんも一緒に来ているぞ。面白そうだからと俺についてきてくれた。

「うわー、ヴィル君、夕方のお城って雰囲気あるねっ」

「ですね。いかにも何か出そうです」

「うんうんっ、分かるーっ。あ、コウモリがいっぱいいるよっ」

本当だ。やたらでかいコウモリがいろんなところにぶらさがっている。

あいつら、俺たちを見つめてニヤニヤしているぞ。いかにもここには何かあるぞって感じだ。

ちなみにこの廃城は、元は王家の親戚が所有していたものなんだよな。でも今は跡継ぎがいなくなって誰も住んでいない。

城というには小さいし、センスもイマイチ。だからそのうち取り壊される予定になっていた。

　そんな廃城から夜な夜な不気味な声や物音が聞こえてくるらしい。その謎の声や音の原因を突き止めるのが俺たちの仕事だ。

　幽霊かもしれないし、オバケかもしれない。あるいは盗賊が住み着いているのかもしれないし、ただの風の音かもしれない。

　まあなんにせよ近隣住民は落ち着かないだろう。

　ここは教会に近いし人通りがけっこうあるんだよな。

　危ないことが無いように優秀な俺がしっかり調査しないとな。

　おや？　俺の鼻にぽつんと冷たいものが落ちてきた。空を見上げると暗い雲が迫ってきていた。

　いきなりピカッと光って大きな音が鳴り響く。

「うわーーーっ。雷だよ！　近くに落ちたみたいっ！」

　それよりもだ。廃城に人影が見えた気がする。

「ソフィアさん、いま、四階の窓の向こうに誰かいませんでした？」

「え、嘘。誰もいないよ？」

「もういないですね……。うわ、雨が降りそうです。城に走りましょう」

　今日はもう雨は降らないと思っていたから傘なんて持ってきていない。

俺とソフィアさんは走って城に駆け込んだ。

背の高い扉を開けて中へと入る。

薄暗い。そして、ほこりくささを感じた。誰かが住んでいるような気配はまったくない。

長年放置されていた感じしかしない場所だ。

「お邪魔しまーす。鍵、かかってなかったね」

「いたずらで何十年も前に鍵が壊されたそうです」

「うわー、不用心だ」

冷たい空気が服の中を通っていった。ぶるると小刻みに俺は震えてしまった。

「ここ、寒いね」

そうですねと言おうとしたら、ギィィィと鈍い音がして扉が勝手に閉まってしまった。

外の光が遮られて、かなり暗くなってしまったな。

「ソフィアさん、扉を閉めました？」

「え、ヴィル君じゃないの？」

「違いますよ。ソフィアさんだと思ったんですけど……」

じゃあまあ、オバケのたぐいだろうなあ。

ソフィアさんとしっかり目が合った。

ソフィアさんがにっこりした。ソフィアさんが俺に手を伸ばした。ガシッと強めに俺の腕をつかんでくる。

「よし、ヴィル君が前で行こうね」

「あれ、ソフィアさん？　もしかしてオバケが怖いんですか？」

「んーん、ぜんぜん怖くないよ？　もしかしてヴィル君が怖いんじゃない？　だからそんなことを聞くんだよね？」

ははーん、ソフィアさんは怖いんだな。しかも、超怖いんだな。幽霊とかオバケとか苦手なんだな。

それなのによくこの仕事についてくる気になったな。怖いもの見たさってやつか。

「俺はオバケなんてぜんぜん怖くないですよ」

「本当かなあ？　お姉さん信じられないなあ？」

「いざとなったら窓を突き破ってでも逃げますし」

「それ怖くないって言えるのかなー」

「俺が逃げたあと、ソフィアさんがオバケと勇敢に戦うのは止めません。そのときは一人で頑張ってくださいね！」

「ちょっと、ヴィル君。絶対に私を置いていかないでよっ。絶対にだよっ」

「分かってます分かってます。フリですよね。ソフィアさんは勇敢だなあ」

「フリじゃないよっ。本当にフリじゃないからねっ」

こんなところに置いていかれたら化けて出てあげるからねとソフィアさん。それはかわいいオバケになりそうだなと思った。

ていうか、暗いな。足下がよく見えない。

せっかくランプを持ってきたし灯そうか。

俺は火の魔法でランプを灯した。

すると、俺たちの周囲からスーッと何か蛍光色の透明なものが去って行ったような気がした。去った後を目で追うけど何もいる様子はない。

ま、気のせいか。先に進もう。

ランプの温かな光を頼りにゆっくり進んでいく。すると、いきなりだった。

「ケケケケ……ケケケケケ……。ケーッケッケッケッケッケッケッケッケ……」

どこからともなく怪しげな笑い声が聞こえてきた。

「ちょちょちょ、ヴィル君いまの何？　ここ絶対に何かいるよね。ね？」

俺はランプを顔の下に持ってきた。光と影の加減で怖い顔になっただろうな。

「いやー、俺には何も聞こえませんでしたよ？」

「あああああああああーーーーっ。ってふざけるのはやめようよっ」

あれ？　風もないのにランプの火が消えたぞ。

「嘘嘘嘘嘘(うそうそうそうそ)ーーーーっ。なんでなんでっ、なんで火が消えたのーっ」

「ソフィアさん、もうこのまま行きましょうか」

「なんの冗談ーーーーっ。ヴィル君、お姉さんをからかって絶対に遊んでるでしょーっ」

「そんなわけないじゃないですか。ほらほら、行きますよ」

「待って、待って！」

火を灯さないのには理由がある。

たぶんここ、オバケか何かが住み着いている。そいつを見つけて追い払(はら)いたいけど、火があったら明るくてオバケが隠(かく)れてしまう。それだと見つからないから暗くして捜(さが)そうと思ったわけだ。

「オバケー、でてこーい」

「なんで呼ぶのっ、ねえなんで呼ぶのっ」

「それはもちろん、俺たちで退治するからですよ」

「調査をするだけじゃないの。欲をだすのはお姉さんあんまりよくないと思うんだけど。って、うひゃあああああああ。いま、私の足首あたりをなんか冷たいのが通ったよ」

「ああ、幽霊っぽかったですね」

「適当なことを言わないでえええええええええっ」

ソフィアさん元気だなあ。こんなに騒がしかったらオバケがいても近寄って来られなさそうだ。

大きな階段を上って行く。

ネズミがサーッと逃げていった。

「あ、肖像画がこっちを向いてますね」

「見ないっ。絶対に見ないよっ」

「ほら、見てください。笑顔になりましたよ」

「だから見ないってばっ」

「手まで振ってくれてます」

「本当に見ないってば。先に行こうよ、先に」

「ケケケケッ、ケケケケケケケケーッ！」

「だからなんなの、あの魔女みたいな怪しい笑い声はーーーーっ」

古びた花瓶がカタカタ動く。俺の身体を撫でるようにして冷たい何かが通って行く。どこかから刃物を研ぐ音が聞こえてきた。

ぜんぶオバケのいたずらっぽいなあ。

ソフィアさんはよほど怖いのか、もはや両手で俺をつかんでいた。けっこう強い力だ。絶対に離すまいとする強い意志を感じるぜ。

三階の階段の途中だった。誰かに見られている気がしたから、俺は階段の途中で足を止めた。

「……ヴィル君？」

「ソフィアさん、離れていてください」

「ダメ。死んでもこの手は離さないよ？」

「アツアツの恋人ですか？」

「長年愛した恋人のように私を守って？」

「ひきこもりが彼氏でいいんですか？」

「こんな状況なら誰が彼氏でもいいよっ」

「ソフィアさん、来ますっ」

「えっ、なにが？　ねえ、なにが来るの？　絶対に離れないでよ。絶対にだよっ」

俺はソフィアさんの腰を抱えて階段の下までジャンプした。俺たちのいた場所に重い剣が振り下ろされた。

「うわーっ、甲冑？　階段の先に飾られてる甲冑が攻撃をしてきたの？」

「そうですね！　魔法が来ます！」

「盗賊とかがあの甲冑を着てるってこと？」

甲冑が手の平を俺に向けて火の魔法を飛ばしてきた。たいしたものじゃない。俺は右手で受け止めて握りつぶした。

そして、俺は階段を駆け上がった。

あの重そうな甲冑じゃあ俺の速度にはついてこれないだろう。俺の筋肉が悲鳴をあげているけど戦闘中は気にしない。

「うおおおおおおおおお！」

俺は甲冑の腹を思い切り蹴飛ばしてやった。

甲冑が階段を数段上に吹き飛んで仰向けに倒れた。派手な金属音を響かせる。

「ソフィアさん、どうしましょう」

「ヴィルくぅぅぅん、私から離れないでって言ったでしょ！」

うお、びっくりした。猛烈な速度でソフィアさんが俺の背中に来た。足、はやっ。

「で、なにがどうしたの？」

「あの甲冑、中身が空だったんですよ」

「というと？」

「甲冑の中に人はいません。甲冑が勝手に動いてます」

「というとつまり？」

「幽霊かオバケが中に入ってそうですね」

「やだもう私、帰るぅぅぅぅぅぅぅぅ！」

背中を向けて帰ろうとするソフィアさん。

俺はソフィアさんを逃がさないために手をしっかりつかんだ。

まるでアツアツの恋人のように本当にしっかりつかんだ。

「待ってください。俺、優秀ですからどうにかできますよ。魔王の極限魔法に幽霊とかオバケを実体化する魔法があるんですよ。それを今から使ってみますからじっくり見てみてください」

「いやあああああっ、見えた方が怖くないいーーー？」

俺は魔力を高めた。高すぎる魔力ゆえに俺の目が赤く光り輝いているだろうな。

甲冑が俺を警戒しながら立ち上がった。

さあ、お前の正体を見てやるぜ。

「見えざるものよ、うつし世に姿を現わせ！　実体化魔法《フォアサイトイリュージョン》！」

白くて眩しい光が俺を中心に広がっていく。

この魔法の光を受けた見えざる存在はイヤでも実体化される。

光を受けたぞ。さあ、お前の正体はなんだ。

甲冑の中にいたのは――。身体は真っ白くて下半身はにょろにょろ。目が漆黒の円系で、口は大きい。いわゆる本物オバケでした。

「きゃーーーーーーっ、オバケが出たよおおおおおおおおおおっ！」

「そんな驚いたら可哀相じゃないですか？」

「そんなことないよ。オバケは人間に驚かれてナンボでしょおおおおおおおお！」

「ウワッ、オドロイテクレル人ガイルーーーッ。私、嬉シイイイイイイイイイ！」

「ほら見てあれ、喜んでるよーーーーっ」

「良かったですね、ソフィアさん。お友達になれるんじゃないですか？」

「なれるわけないでしょおおおおお。ヴィル君、変なこと言うの禁止ーーーーーっ」

しかし、オバケは本気にしてくれたようだ。

「イヤッホオオオオオオオオオオオオオオイ！　トモダチ、トモダチィ！」

テンションン高く喜んでいた。

甲冑をすり抜けて飛び出てくる。

俺はスッと横に避けてあげた。二人の邪魔をしてはいけない。さあ、ご対面だ。

「いいいいいやあああああああああああ！　ヴィル君、なんで避けるのおおおおおおおおおおお。意地悪ううううううううう。もうーーーーーー、もうーーーーーーー、もうーーーーーーーー、浄化魔法《セイントフレア》！　《セイントフレア》！　《セイントフレア》ーーーーー！」

あ、聖なる炎の魔法でオバケが浄化されてしまった。

オバケは良い笑顔でサムズアップして消えていった。さようなら。

ソフィアさんが俺の服を強くつかんだ。もう何がなんでも離れる気はなさそうだ。

「はあっ、はあっ、はあっ、そういうのは、もう、いいから、ね？　ここ、ふざけるとこじゃ、ないから、ね？　お姉さんとの、約束、だよ？　ね？」

「それはともかくとして、ソフィアさんって浄化魔法を使えたんですね」

「それはそうだよ。だって心の清らかな乙女はみんな教会で習うからね」

そうなんだよなー。浄化魔法って男子は教えてもらえないんだよな。

男子は教会騎士から剣とか槍を教えてもらう。それがちょっと不満だぜ。剣や槍は別のところでも教えてもらえるからな。子供の頃に浄化魔法を教えてもらえていたら、俺はすぐに習得していたんだけどな。

「ねえ、ヴィル君。もう帰ろうよ。怪しいオバケを退治したんだしさ」

オバケの入っていた甲冑は階段を転がっている。パーツがバラバラになっているから元の場所に綺麗に戻すのは難しそうだ。

俺はパーツを端に避けておいた。帰りに踏んで転んだらいけないし。

「ケケケケケケケッ！　ケーーーケケケケケケケーッ！」

また怪しい声が聞こえてきた。ここよりさらに上、四階だろう。

「まだ調査は終わってないみたいですね」

「ううう……。軽い気持ちでついてきちゃったなあ」

「おかげで楽しいですよ」

「ん？　お姉さんをからかって楽しんでるってこと？」

「そんなわけないじゃないですか。ほら、ダッシュで行きますよ」

「だから置いていかないでってばーっ」

四階までダッシュで駆け上がった。

◇

怪しい笑い声がしたのはここだろうと思える部屋の前まで来た。

明らかにこの部屋の中には何かがいる。

この部屋の向こうには見ちゃいけない世界が広がっている感じがするぜ。

たとえば怪しい魔女が人体実験をしているとか、オバケが人間を呪い殺そうとしているとかさ。

俺にはそんな怖い雰囲気がドアの隙間から漏れ出している感じがする。

「ソフィアさん、ドアを開けますよ」

「うん、私、何があっても一生ヴィル君についていくからね」

「……。……。……」

「何か言って、お願いだからっ。絶対に私を守って欲しいんだけどっ」

「いや、アツアツの恋人みたいなセリフだなって思って」

「そうだけどっ、不可抗力で役得があるんだから別にいいでしょ？」

まあたしかに。ソフィアさんは後ろから俺の両肩に手を乗せて密着している状態だ。だから大きすぎるソフィアさんのおっぱいがぽよんぽよん俺の背中に当たっている。

もうオバケなんてどうだっていいぜ。

俺の頭の中はパラダイス。まっピンク色に輝いているよ。

たとえるのならこの感触は天国の枕だ。

俺はいつかこの感触を枕にして眠ってみたい。そうしたら最高のひきこもり体験ができると思うんだ。

って何をアホみたいなことを考えてるんだ俺は。緊張感がなさすぎだ。

ハッ、妄想の世界に意識が飛んでいた。おそるべし、ソフィアさんのおっぱい。

「ヴィル君、ドアを開けないの？」

「いえ、開けますね」

ツバを飲み込んだ。実は、俺もちょっと怖い。

このドアの先を見てしまったら、もう平穏なひきこもり生活には永遠に戻れなくなってしまうような、そんな怖さが待っている気がしたから。

ええい、だが俺はかつて魔眼の勇者と呼ばれた男だ。気に入っていない二つ名だけども。

勇者と呼ばれた男が勇気を持たずしてどうする。

勇気を出して、さあ、行くぞ。

ドアを開いた。どうだ――。

部屋に入った瞬間、空気が不気味に蠢いた気がした。何かが大量にいる。でも、俺の目には何も見えない。

部屋はかなり広いな。

誰かの私室だったところだろうか。天蓋付きのベッドがある。昔、ここを住居にしていた女性がこの部屋を寝室にしていたんだろう。

ベッドの近くには燭台があって青い火が灯されている。

これはたぶん魔法の火だろう。誰が灯したんだろうか。あるいはオバケの仕業か。

青い火ならオバケは苦手にしないと聞いたことがあった気がする。明るいような暗いような、そんな不気味な火だからだろうか。

「ケケケッ……ケケケケケ……ッ！」

謎の笑い声が聞こえてきた。俺もソフィアさんも同時にビクッてなった。

ベッドの方からだ。何かがそこにいるのは間違いない。

俺は恐る恐るベッドに向かった。ソフィアさんはしっかり背中にしがみついている。俺を盾にする気まんまんだ。

天蓋に付いているカーテンのせいでベッドがよく見えない。カーテンを開かないとダメだろう。

ごくり――。そこに何がいるのかあまり確認したくないけど、調査をするのが仕事だからしょうがない。勇気を出してカーテンを開こう。

俺は天蓋から垂れているカーテンに手をかけた。

思い切って全開にしてみる。

すぐ目の前に人の顔が現われた。

「ばあっ！」

大きな声で驚かされた。びっくりして俺の心臓がきゅっとなった。

「「ぎゃああああああああああああああああああああああああああああああっ！」」

俺とソフィアさん、二人して悲鳴をあげて何歩も後ろにさがった。

さがってさがって、ソフィアさんが壁に背中をぶつけた。俺の背中はソフィアさんのおっぱいに密着した。これ以上は後ろにさがれない。

心臓がバクバクしている。

俺たちを驚かせた存在はいったい——。

ベッドの上にぺたん座りをしている少女がいる。長い黒髪の少女だ。袖に隠れた手を口もとに持っていって、ケケケッと笑っている。

かなり不気味な少女なのは間違いなかった。

なぜこんなところに一人でいるんだ。本当にあれは生きている人間か。幽霊に身体を乗っ取られた可哀相な少女だろうか。

「こ、こんばんは……」

俺はできるだけ紳士的に声をかけてみた。

少女が反応を見せた。笑うのを止めて俺たちを見つめる。

その少女の瞳は虚ろだった。闇の深淵というか、あの世を見ている感じがする。

口がオバケみたいに怪しく笑んでいる。

いや、長い黒髪にはもっと特徴があった。なぜか不気味にゆらゆら蠢めいている。まるで俺たちをぐるぐる巻きにして締め付けてきそうに思えた。

「ケケケッ……ケケケケケ……ッ。ねえ、お兄さんたちだあれ？　エヴァちゃんと一緒に遊びたいの？」

あの世から聞こえてきそうな高くて怖い声だった。

エヴァというのがこの少女の名前のようだ。

横から黒猫がぴょこっと顔を見せてナーと鳴いた。目が光っていて怖いな。

「え、えと、俺たちは、あー、なんでしたっけ、ソフィアさん」

「わ、私にふらないでっ。いま心臓がバクバクしてるからっ」

それは俺もですよ。

エヴァという少女が不思議そうにした。

「……今、ソフィアちゃんって言ったの？」

「ん？　あれ？　そういえば、エヴァちゃんって言った？　エヴァちゃんってあのエヴァちゃん？」

「そう言うお姉さんはあのソフィアちゃん？　わあ、偶然だね」

まさかまさかで二人はお知り合いだったのか。びっくり損じゃないか。

よくよく見てみればエヴァはちゃんと人間の女の子だった。年齢で言えば俺とアーニャの間くらい。明るいところで見ればきっとかわいらしい女の子だと思う。

ソフィアさんとエヴァが近づいた。お互いを懐かしみながら両手の平を合わせる。

「ヴィル君、紹介するね。この子は私のお友達で名前はエヴァ・ブルーム・スノウムーンちゃんだよ。猫の方はブラッキーちゃん」

ワンピースの裾をつかんでちょこんと挨拶をしてくれた。

そのワンピース、なんで刃物で切り裂かれたのを糸で縫い直したような跡があるんだ。変わったセンスの子だな。

ブラッキーちゃんがナーと挨拶をくれた。

「俺はヴィルヘルム・ワンダースカイ。〈グラン・バハムート〉に世話になっているしがないひきこもりさ」

貴族らしい所作で挨拶した。

エヴァが俺とソフィアさんを交互に見る。

「ねえ、ソフィアちゃんとヴィルお兄さんってアツアツの恋人なの？」

エヴァがジーッと俺を観察した。

虚ろな瞳でジーッとジーッとしっかり見てくる。

「うーん？　ソフィアちゃんが選ぶにしてはずいぶん冴えない人だと思うんだけど……。本当にこの人でいいの？　ソフィアちゃんはかわいいし、もったいないと思うよ？」

がーーーーーーーん。

こんなところでも俺は否定されるのか……。俺のもろすぎるハートはコナゴナに砕け散ったぜ……。

まあ、しょうがないよな。こういうのもひきこもりなら誰もが通る道さ……。受け入れるメンタルを持てって話だよな。

「ヴィル君が私の恋人？　違う違う、ぜーんぜん違うよっ」

ぐはーっ。可能性が本当にカケラもなさそうに否定されてしまった。

ついさっきまであんなにアツアツの恋人みたいだったのに……。ソフィアさんにとって、俺のことはあのときだけの関係だったんですね。寂しいぜ。

エヴァが納得顔になった。

「そうだよねー。よかったー。ソフィアちゃん見る目ないなーって思ったもん」

もうやめてー。俺のメンタルの残りライフは0だぞ。

「でもヴィル君ってね、とっても良い人なんだよ。たとえるならそう、仔猫が雨に濡れていたらそっと傘を置いていくような人。でも自分は雨に濡れちゃって風邪をひいちゃうタイプの人」

それはかっこわるくないですか……。

「ソフィアちゃん、あのね、良い人なら仔猫を連れて帰ってあげると思うよ？」

「あははは、ヴィル君にそういう甲斐性はないかなー」

ソフィアさん、俺のメンタルのライフは0だって。死体蹴りですよ、それ。

もうやだ。ひきこもりたい。

エヴァが俺を不思議そうに見つめている。

何かに気がついたみたいで首を傾げた。ブラッキーちゃんも同じ角度で首を傾げていてなんかかわいいな。

「今の話で思い出したよ」

甲斐性のない話でいったい何をだろうか。

「ヴィルお兄さんってもしかして、雨の日にエヴァちゃんに傘をくれた親切な人？　あの後に濡れて帰ったよね」

そんな良いことをしていたっけか。

あ、あーっ。俺の脳裏にフラッシュバックする光景があった。

俺がひきこもりを脱した日のことだ。

言われてみれば、あの日は唐突に雨が降ってきた。雨に濡れる少女がいて俺は紳士的に傘をプレゼントしたはず。たしか黒猫も一緒だった。

そっか。あのときの少女だな。たしかにこんな感じの子だった。俺に良くないことが起きるって不吉なことを言っていたっけ。

「あれ？　きみってもっと髪が短くなかったか？」

初めて出会ったときは髪が短かった。

でも今は足のところまで髪がある。ウィッグだろうか。

「エヴァちゃんはね、髪が伸びるのが人よりもちょーっとだけ早いんだよ」

言葉に合わせて髪がうねうね蠢いた。

蠢きながら髪が伸びていく。

いやいやいや、どんな体質だよ。ちょっとどころかむちゃくちゃ伸びるのが早いぞ。

俺が驚いているのを見てエヴァがまたケケケケッと笑った。オバケみたいな子だな。

まあそこはいいか。もっと気になることがあるし。

「なあ、エヴァ。雨に当たった日だけどさ、俺に良くないことが起きるとか言ってたよな。俺の身には今のところ何も降りかかってはいないが、あれはなんだったんだ?」

良くなかったことは筋肉痛くらいかな。

「エヴァちゃんはね、未来で起こる不吉な気配を感じ取ることができるの。ヴィルお兄さん、あれからオバケに出遭(であ)ったりしなかった?」

「ああ、さっきちょっとな」

「きっとそれね」

エヴァが虚ろな瞳で俺を見つめる。

首を傾げて不気味に笑った。

「残念だけど、ヴィルお兄さんの不吉は他(ほか)にも訪(おとず)れるみたい」

マジかよ。

「エヴァちゃんには分かるの。次の不吉はもっと、もーっと恐(おそ)ろしいよ。たとえば、あの世から怖ーい誰かが来てね、お兄さんの大事な存在を無情にも攫(さら)っていったりするの。ケケケ……ケケケケ……ッ」

　虚ろな瞳で不気味に笑う。

「大事な人を攫っていく……か」

　俺はソフィアさんを見た。

「ソフィアさん……、無情にもあの世に攫われたときは頑張って帰ってきてくださいね」

「えっ、攫われるのは私なのっ」

「違うんですか？」

「そんな怖いこと言わないでっ。だ、大丈夫だよ、エヴァちゃんっていっつも怖いことを言うけど必ず外れるから」

「それはね、エヴァちゃんが裏で動いてみんなを助けてるからだよ」

「じゃあ、今回も安心だねっ」

「でも、お兄さんにつきまとうこの不吉な感じは、エヴァちゃんでもどうにもならなそうだよ？　何かあったらソフィアちゃん、本当に頑張って自力で帰ってきてね」

「みんな冷たいっ。お姉さんを怖がらせて絶対に楽しんでるでしょ」

　ソフィアさんが不安そうにして黙ってしまった。

　本当にソフィアさんが攫われそうな空気になってしまった。マジで攫われたらどうしよう。そのときはごめんなさい。俺が変なフラグを立てたせいですね。

なんか暗くなってしまった。

話題を変えよう。そもそもの目的、仕事を進めないとだよな。

「なあ、エヴァ、俺たちは実はこの廃城に仕事で来たんだ」

「お仕事？　こんな何もないお城に？」

「ああ、この城から怪しい声がするからって調査に来たんだけど、何か知ってるか？」

「それはきっとエヴァちゃんのことね。ケケケ……ケケケケ……ッ」

どういうことだろうか。

女の子一人の声なんてこの廃城の外にそこまで響かないだろう。たとえここらへんが静かな土地でもだ。

「つまり、こういうことよ。みんなー、動いていいよー」

みんなと言ってもこの部屋には他に誰もいないと思うんだが。

しかし、色々と動き出したぞ。

なんだこれ、怖えー。

たくさんのぬいぐるみとか、壁に掛けられている女性の絵とか、ラックにかかっているハンガーとか、机の上の本とか、壁掛け時計とかが一斉にガタガタ動き始めた。

そして、あの世の底から暗く響いてくるような大きな声が聞こえてくる。

「ウオオオオオオオオオオオオオオオン！」

「アオオオオオオオオオオオオオオオン！」

「ボオオオオオオオオオオオオオオオン！」

その声が不気味すぎて耳を手で覆いたい。そうしないと頭がおかしくなりそうだ。

きっとこれだ。この不気味で大きな声が外に漏れていたんだ。

そりゃ調査をしてって頼むよ。普通に怖い声だもん。

ソフィアさんがスーッと俺の隣に来て俺の腕をしっかりとつかんだ。まるでアツアツの恋人みたいだ。

さっき俺との関係を完全否定したのにもうよりを戻すんですか。ソフィアさん、手の平返しが早いっ。

エヴァが薄気味悪く笑った。

「この廃城にはね、あの世に送ってもらえなかった可哀相な幽霊がね、恨みの強さで怨霊になっちゃって、たーくさん住み着いているの」

エヴァの瞳が黒く黒く闇色に染まっていく。

「本当にすごく可哀相だから、エヴァちゃんが毎日来てお話し相手になってあげてるんだよ」

めちゃくちゃ変わった子だった。ちょっと俺には理解できそうにない。

「そ、そうか。怖くはないのか？」

エヴァが首をかくんと九〇度に傾けた。

「怨霊もオバケもかわいいよ？　ヴィルお兄さんにはかわいく見えないの？」

かわいいものなんだろうか。怖いばっかりだぞ。ソフィアさんなんて俺につかまりながら小刻みに震えている。

目に見えない謎の存在なんて怖がらない方が無理ってものだ。

あ、そうか。じゃあ、目に見えればいいのか。あの魔法を使おう。

「実体化魔法《フォアサイトイリュージョン》」

この部屋全体にかけてみた。

すると、いるわいるわ。うじゃうじゃと怨霊がたくさんいた。

人の形をしているけれど蛍光色で半透明。目と口が真っ黒で見た目が怖い。

失敗だ。姿が見えても怖かった。

「わあ！　わあ！　わあ～！　ヴィルお兄さんすごーい。怨霊がこんなにはっきり見えたのは初めてだよ。エヴァちゃん嬉しいな」

エヴァが近くにいる怨霊を注目した。一〇歳くらいの少女の怨霊だ。

「ねえねえ、あなたなんで死んじゃったの？」

ド直球に聞くんだな。

「変なトリュフをバカ食いしたら笑い死んじゃって……」

悲しい。そんな理由でその若さで死んでしまったのか。

って、ピンクトリュフに当たったのか。笑い死にって苦しそうだな。

「苦しかった……」

でしょうね。

「うふふ、冗談よ」

はあー？　怨霊って冗談を言うんかーい。

「本当は継母に刺殺されただけよ」

どっちみち悲しかった。そりゃ怨霊にもなるわ。

エヴァはうっきうきでいろんな怨霊に話を聞いて回った。

老若男女いろいろな怨霊がいるけど、みんな悲しい人たちだった。家族がいなかったり、友人に裏切られたり、濡れ衣を着せられたり、政争に負けたり。

同情せざるをえない話ばかりだった。

まあ、エヴァはニコニコしてたけどな。そういう可哀相な話が好きな子らしい。

少しして、廃城内に異変があった。

「きゃあああああああああああああああーーーーーーっ！」

子供の悲鳴だ。

酷い声だった。まるで今にも殺されてしまいそうな恐怖に満ちた声だ。

「え？　え？　今の何？　廃城に他にも誰かがいるの？」

ソフィアさんが不安げな表情を見せた。

「悲鳴でしたね。俺が確認してきます。ほっとくわけにはいかないですし」

「待って、ヴィル君！」

「子供の安全を確認したらすぐに戻ってきますよ。では！」

「私はここではアツアツの恋人みたいに離れないってば！　だって怖いし！　一緒に行こうよ」

「すみません、緊急なんで先に行きますよ。エヴァ、ソフィアさんをよろしくな」

「任せてー」

二人を置いて俺は階段を駆け抜けた。

下りて下りて、通路を走って、エントランスを見下ろせる大きな階段の上まで走って来た。そこから状況を確認する。

まず目にしたのは邪悪な力に溢れているオバケだ。

オバケなのに何もせずにはっきりと姿が見えている――。つまり、自分で自分を実体化できるほど力が強いってことだ。

真っ黒なボディで下半身はにょろにょろ。顔は頭蓋骨の面のようで瞳は人間の血のように真っ赤。お腹と手がかなり大きい体形をしている。

そのオバケが少女を二人抱きしめていた。少女はどちらも気を失っているようだ。オバケに攫われたってことか。

「ちょっとオバケのあなた！　オリビアとスカーレットを返しなさい！」

大きな声を出したのはクララだった。

一緒にアーニャもいる。オバケが攫っている子たちは二人の知り合いのようだな。

オバケがにんまり笑った。

「アハハハ、この二人を返すのはイヤだよ。だって僕は子供を食べるオバケだからね。この子たちはね、僕が心ゆくまで遊んで遊んで遊び尽くして、疲れ果てたその後に刃物でズタズタにして美味しく食べるんだよ。だから絶対に返せないな」

とんでもないやつだった。

あんなのなら後ろから攻撃をしても構わないだろう。子供が人質に取られているから正々堂々よりも救助を優先した方がいい。

俺は剣の柄に手を添えた。気配を消して近づいて、いっきにかたをつけてやる。

階段上からジャンプしてオバケの背後に迫る。

気配は消しているのにオバケが俺の接近に反応を見せた。俺を睨み付けてきたぞ。

「後ろから悪いな！　女の子たちを返してもらうぜ！」

「――っ！」

「勇者の神剣技《雷獣車》――――っ！」

俺の剣から派手な雷音が鳴り響く。

俺が子供の頃、剣の師匠だった人が知っていた技だ。

師匠自身は使えなかったんだが、知識だけはあったから伝授してもらった。

当時の俺はまだ八歳だったけどあっさり習得してしまって師匠に敗北感をたっぷり味わわせたのはなんとも言えない思い出だ。

どんなのかというと、幻影魔法で刀身を伸ばしたうえで虚構を一瞬だけ真実にする魔法を使って具現化する。さらに雷属性を剣に付与して回転斬りをお見舞いする強烈な技だな。

ちなみに、俺自身はぐるぐる縦回転する。

それが見事に決まってオバケを真っ二つにした。

俺は空中で剣を鞘に収めた。

そして捕まっていた少女二人を抱きしめて着地した。

いやー、やばいね、あのオバケ。間違いなく達人級のバケモノだ。少女二人を人質に取っていなかったら俺の剣に反応しきって回避していただろう。

アーニャとクララが走ってくる。二人とも怯えた顔から安心した顔に変わっていく。

「ヴィ、ヴィル様？　ヴィル様です！　凄いです！　とてもかっこよかったです！」

「さすがヴィルヘルム様ですわ！　やはりあなたは私の見込み通りのお方です！」

「二人とも、この子たちを頼めるか」

「かまいませんが、ヴィルヘルム様、もう敵は倒したのではありませんか？」

そんなに甘いやつじゃあないいんだよな。

俺はオバケを振り返った。

空中で真っ二つになったままで、目はしっかり俺を睨み付けている。あいつはあの状態で何が楽しいのかにんまり笑顔になった。

「アハハハ。きみ、強いねぇ。見事だよ。この時代にもまだ剣の達人っているんだね。いやー、騎士だった頃の血が騒ぐよ。アハハハ、僕はオバケだから血はもう身体のどこにもないんだけどね」

オバケが一瞬消えた。

また出てきたと思ったときには、真っ二つだった身体がくっついていた。

オバケが大きな両手を広げた。

「自己紹介をするよ。僕の名前はバギー。オバケのバギーさ。こう見えて生前は騎士だったんだ。よろしくね」

騎士の所作で礼をした。かなり丁寧な所作だった。きっとオバケになる前は貴族の家の人間だったんだろう。身に着けている鎧も貴族っぽい。

バギーの手にポンッと剣が出現した。長い包丁みたいな大剣だった。

「ひさしぶりに剣で戦ってみたくなったよ。僕の相手をしてくれるかい？」

「かまわないが、手加減はしねーぜ？」

「うん。それでいいよ」

お互いに睨み合う。視線が交わった瞬間だ。

俺は強い踏み込みで跳び上がった。超速での接近だ。

バギーは空中で待ち構えている。あいつの身体から赤いオーラが迸ったぞ。その瞬間にバギーの力が急激に上がったのを感じた。

俺とバギーが同時に斬り合った。

痛ってーな……。左の二の腕をさっくり斬られてしまった。血が流れ出してくる。

でもバギーにはもっと深い傷を負わせた。斜めに真っ二つにしてやったぞ。けど、すぐに元通りになってしまった。

まいったな。値段の安い仕事のはずだったんだけどな。こんなバケモノ級のやつが立ちはだかるなんて思いもしなかったな。

命がけの戦いになりそうだ。

俺は着地して剣を両手で構えた。

「アハハハ。強い強い。きみ、見た目は冴えないのに強いねえ。三〇〇年の封印からの寝起きでこんな達人の相手はちょっとできそうにないよ」

俺に傷を負わせておいてよく言うよ。

バギーが俺を見る。深い深い憎しみに満ちた目だった。

オバケは人間が死後にあの世に行った後で復讐心の強さからなってしまうもの。こいつはとんでもなく重い恨みを抱えていそうだな。

「ああ、僕はきみを悔しがらせたいな」

「悔しがらせたい？　オバケらしく怖がらせたいの間違いじゃないのか？」

「悔しがらせたい、だね。僕は子供を食べて大人を悔しがらせるオバケだから」

最低なオバケだな。

「というわけで、今日のところは退散するよ。あの世がもっと近づく時期になったらまた会おう。その時期の方が僕にとって都合がいいからね。そのときが来たら、きみの目の前で子供を攫って食べて、めいっぱい悔しがらせてあげるからね」

「そんなことはさせねーぜ？」

「僕を止めるっていうのかい？　無理無理無理。人間にオバケは止められないよ。じゃあね、バイバイ。居心地（いごこち）の良いベッドでも見つけて僕は再戦の日をのんびり待つよ」

スーッと城の壁を通り抜けてバギーは外へと逃（に）げていった。

なるほど。たしかにオバケを止めるのは難しい。もう気配は感じられないくらいに遠ざかってしまった。

ふう……、傷がけっこう深いな。出血が止まらない。この場で戦いが続かなくて良かったかもしれない。ひきこもり明けの筋肉痛の状態で戦いたい相手ではないな。

ソフィアさんとエヴァが階段を下りてきた。俺の傷を見て心配そうにする。

「ヴィルお兄さん、大丈夫？」

「ああ……。なあ、エヴァ」

　エヴァが虚ろな瞳で俺を見た。

「きっとあのオバケだよな。俺に良くないことを起こすやつってさ」

　エヴァが怖い表情になった。

「可能性は高いね。あんなに強いオバケをエヴァちゃん初めて見たよ」

「そうだな。あいつ、子供を攫うオバケって言っていた。俺は〈グラン・バハムート〉に世話になってるから――」

　俺とエヴァの視線がアーニャに向けられた。もしもオバケに攫われるとしたらアーニャしかいないよな。

　アーニャは警戒（けいかい）した目をしてエヴァを見つめている。エヴァの見た目が怖いから怯えているんだろう。

　でも、ふと何かに気がついたようでアーニャは表情を柔（やわ）らかくした。

「あれ？　あなたはエヴァちゃん？　ボーンズ魔具店（まぐてん）のお孫さんのエヴァちゃんだよね？」

　ボーンズ魔具店？　あ、フランキーさんのお孫さんか。

「うん、ひさしぶりね、アナちゃん、クララちゃんも」

「わー、修行（しゅぎょう）から帰ってきてたんだねっ。会えて嬉しいよっ」

アーニャがぎゅーっとエヴァに抱きついた。エヴァもぎゅーっとしていた。

「アナちゃんはまだまだちっちゃいね」

「エヴァちゃんは背が伸びたねー」

俺はクララを見た。

「クララは抱きつかなくていいのか？」

ぷいっとされた。

「私はああいう子供っぽい馴(な)れ合いはしませんわ」

クララらしいって思った。でも、そわそわしてないか。本当はしたいんじゃないのか？

第4章 ★★★ ひきこもりはオバケについての話を聞く

「さっさと起きなさーーーいっ。あなたはこの家の保護者的な立場であることを自覚するべきですーーーっ」

「うっぎゃーーーーーーーっ」

あ、筋肉がバキッて言った。バキッて言ったー。

変な姿勢でベッドから転がり落ちて、俺は床に倒れてしまった。

やばい。動けない。

まだ頭が働いていないのもあるし、ひどい筋肉痛のせいっていうのもある。

「いてててててて。なんだリリアーナか。休日くらいしっかり寝させてくれよ」

リリアーナが俺のすぐ傍で仁王立ちしている。

手には俺の布団。どう見ても俺は強引に起こされてしまったようだ。

「ヴィルヘルム君、ひどい勘違いをしていますよ。今日は休日ではなくて平日です。この街で平日に働いていない人はあなただけですよ？」

「小さい子供たちだって働いてないだろ？」

「小さい子供たちと自分を同列に扱わないでください。あなたはもう学園を卒業した一人前の人間ですよ？」

「じゃあ、まだ半人前でいいや」

「そんなの世間は認めませんよ？」

ていうか、眠い。もう床に落ちた変な姿勢のまま眠ってしまいそうだ。

リリアーナから布団を奪った。

その布団にくるまって眠った。

……すやあ。

「って、寝ないでくださーーーーーーいっ」

「あああああああああああああああっ」

布団を奪われてしまった。

「まったくもう、何歳になっても世話が焼けますね」

リリアーナに起き上がらされてしまった。ベッドに背中を預けて座る。

顔を急に近づけてきて何かと思えば俺のパジャマのボタンを外し始めたぞ。着替えさせてくれるんだろうか。

「早く立派な大人になって私を安心させてくださいよ」

俺は眠い目をごしごしした。

「んー……。リリアーナが、会う度にかーちゃん化してる気がする」

「同い年の女の子にそんなことを言うと嫌われますよ？」

「髪からすごく良い香りがする」

「流れるようにセクハラしないでくださいっ。ちょっとキュンとしたじゃないですかっ」

「リリアーナに嫌われるのを回避できたのなら良かったぜ」

リリアーナにパジャマを脱がされた。俺の筋肉が露わになる。

ハッ。しまっ――。

途端にリリアーナがだらしなーい顔になってしまう。ああ……ダメなリリアーナだ。

「ぐへへー。筋肉ぅ。ああ……、ひさしぶりね、私の筋肉ぅ」

俺のだ。俺の。

よし、起きるか。リリアーナにセクハラをされまくる前にな。

リリアーナが人差し指で俺の筋肉をなぞった。いやん。

「……あら？」

「どうした？　急に難しい顔をして」

「筋肉が昨日よりも酷い状態になっていますがこれは？」

「それは昨日バトルをしたからだな」

リリアーナの眉がつり上がってしまった。

「はあ？　ヴィルヘルム君、私は言いましたよねっ。これはもうあなただけの筋肉ではありませんよって」

「あー、そういやそんなことを言ってたな」

「それなのにこんな痛々しい状態にするなんてどういうことですかっ。私が筋肉を触って楽しめないじゃないですか！」

真剣な顔をして変態みたいなこと言うなよな……。

クールな美人が台無しだ。

「リリアーナ、よく考えて欲しい。俺を働きに出さなければ、こんなことにはならなかったんだぞ？」

「……一理あります」

「ようやく分かってくれたか」

リリアーナなら分かってくれる日が来ると思っていたよ。

「って、分かるわけありません」

ちっ、ひっかからなかったか。

「ていうか今日は何しに来たんだ？　筋肉を触りに来ただけか？」

「当たり前じゃないですか。ヴィルヘルム君に筋肉以外の魅力(みりょく)なんて……あら？　あ、そうでした。仕事で来たんでした。ほらほら、早く顔を洗ってきてくださいよ」

時計を見てみた。一時だった。さすがに起きねばなるまい。

「みんな一階で待ってるんですよ」

そう言ってリリアーナはタンスから俺が今日着る服を出してくれた。なかなかセンスの良いコーデだった。

◇

なんかソフィアさんとエヴァが来ている。俺が起きるのを待っていてくれたらしい。

「どうしたんだ？　お茶会か何か？」

「ぜんぜん違(ちが)いますよ、ヴィルヘルム君。真面目(まじめ)なお話です」

「真面目……？　朝から？」

「もうお昼です」

知ってた。

リリアーナがエヴァを見た。

「それではエヴァさん、オバケについて教えて頂けますか？」

「うん。それじゃあエヴァちゃんから、かわいいオバケ、バギーの話をするよ」

エヴァって職業はシャーマンなんだそうだ。

シャーマンは魔法使い（まほうつか）いの一種だけど、幽霊（ゆうれい）とかオバケを専門にする珍（めずら）しい職業だ。

その専門職のエヴァから、廃城で出会った強いオバケの情報を得ようって集まりらしい。

エヴァがホラーっぽく暗い顔を作った。

「まず、前提情報よ。オバケっていうのは、人間が憎しみや復讐心を抱いてあの世に行った後に成り果ててしまうかわいい存在ね」

それ、かわいいだろうか……。

「つまり、バギーも元々は人間だったの。みんな、オバケのバギーの絵本は知ってるよね？」

俺がこのあいだアーニャの部屋で見つけた絵本だな。

絵本「泣き虫ちゃんとオバケのバギー」だ。

そのバギーと昨日のやつは同じらしい。

「その絵本ができたきっかけになった事件があるの。欲深い人間が歴史から消してしまった悲しい史実。その史実の主役こそが、かつて誰よりも優しくて逞しい騎士だったバギー・ヴァルトっていう一人の青年ね」

エヴァの語った史実の話はこうだった。

かつて、街の子供たちが大好きで、いつも一緒に遊んでいたバギー・ヴァルトという優しい青年がいた。

だがある日、貴族の小さな男の子が盗賊に誘拐されてしまったそうだ。

子供好きのバギーは憤慨した。盗賊を捜し出し、一人で数十人の敵と戦い男の子を救出できたそうだ。

「ここまでだと英雄譚ね。でもね、ここからが悲劇よ。ケケケケッ」

その盗賊たちは貴族の命令で男の子を誘拐したと言ったそうだ。誘拐した後は他国に奴隷として売り払う予定だったらしい。

そんなことをする理由は、依頼主の貴族に相続問題があったからだ。男の子の母は妾で、本妻の方に念願の男の子が生まれたんだと。

つまり、妾の子は邪魔になったわけだ。本妻の子の方に家を継がせたいから。

この誘拐事件の黒幕は、男の子の実の父ってわけだな。

「その貴族の父親はね、真実を知ったバギー・ヴァルトを始末しようと考えたの。だから兵士さんの前でこう言ったんだよ。バギー・ヴァルトこそが真の誘拐犯だってね」

しかもその話が通ってしまった。今よりももっと貴族の権力が強い時代だ。ありうることだと俺は思った。

バギーからしてみれば無実の罪だ。だからなんとかして助かりたい。

裁判で自分の無実を証明するしかなかったんだそうだ。

チャンスはあった。助けた男の子はバギーと仲良しだ。その子が裁判で真実を語ればいいわけだ。

その男の子は参考人として裁判に呼ばれた。

裁判長が男の子に問うた。「バギー・ヴァルトこそが誘拐犯なのかい？」と。

「男の子は言ったよ。はい、その通りです。バギー・ヴァルトこそが誘拐犯ですと」

裁判長は何度も何度も確認した。「バギー・ヴァルトこそが誘拐犯なのかい？」と。

「男の子は何度も何度も言ったよ。はい、間違いありません。バギー・ヴァルトこそが誘拐犯ですと」

その男の子は可哀相なくらいに怯えて震えて涙を流していたそうだ。

父親にきつく言われていたんだろう。バギー・ヴァルトを見捨てなさいと。

その男の子は最後まで大人に逆らう勇気が出なかった。可哀相なほどに涙を流していたそうだ。

「そのまま裁判は終わったよ。バギーは貴族の子供を誘拐した罪で極刑になっちゃったの」

つまり、首を落とされたわけだ。無念だったろうな。

バギー・ヴァルトの最後の言葉はこうだったらしい。

「絶対に許さないぞ！　必ず復讐してやる！　愚かな貴様らに必ずだ！　子供も大人も誰一人として許すことはない！　僕はこの街に必ず悲劇の雨を降らせてやるからな！」

恨みのこもったバギーの恐ろしい顔は、その場の全員の腰を抜かせて震え上がらせたそうだ。

そして、バギーは死んだ。

翌年の雨季だ。バギー・ヴァルトは強すぎるオバケになってあの世から帰ってきた。そして、街の子供を一斉に誘拐したらしい。

当時の聖女やシャーマン、それに騎士たちが力を合わせてバギーの館を捜し出した。そして、大急ぎで駆けつけた。

しかし、そこにはバギーの姿しかなかったそうだ。子供たちはどうしたんだと大人たちが問うと——。

「子供たち？　みんな僕が美味しく食べたよ。アハハハハハハ！」

そう言ってバギーは大笑いしたらしい。

悲しみに暮れる大人たちをバギーは八つ裂きにして回ったそうだ。

エヴァがニコニコしている。心の底からこの話を楽しんでいる顔だ。

「ケケケ……ッ、ケケケケ……ッ。お話はここまでよ。素敵なお話だったでしょう？」

どこが素敵なんだ。あまりにも可哀相だ。

アーニャなんて泣いてるぞ。

「アナちゃん、泣いたらダメよ。泣いたらオバケは強くなっちゃうの。だから勇気を出してね。絵本の子供たちもそうだったでしょ？」

「でも、バギー・ヴァルトさんがどれだけ辛かったかと思うと……」

ソフィアさんがアーニャを抱きしめた。

心の綺麗なアーニャには辛すぎる話だったかもしれない。

ちなみに、オバケになって子供たちを食べたバギーだが、その時代の聖女たちが多大な犠牲を払って封印したらしい。

その封印こそが墓地にあった剣だ。

それから三〇〇年の時が経過した。封印は弱まり、この時代の子供たちによって剣が抜かれ、バギーは解き放たれてしまった。

「これは……、どうも良くないことが起こりそうな雰囲気になってきたな」

俺はエヴァを見た。

エヴァは俺に良くないことが起きるって予言していた。

「そうね。ヴィルお兄さんは特に気をつけないとだよ。夜にランプを灯すのは絶対に忘れないでね」

リリアーナが調査報告書をすらすらまとめていく。

ひさしぶりに見るリリアーナの真剣な顔だった。学生だった頃はよくこの表情を見ていた気がする。

「エヴァさん、ご説明ありがとうございます。バギーについて兵士や教会と相談して公務員のみんなで必ず対策をしますね」

「エヴァちゃんも協力するよ。オバケの対策をするのはシャーマンの使命だから」

「ありがとうございます。それと、街のみなさんに注意を呼びかける必要がありますね。被害が出てからでは遅いですから」

「注意をするのは短い間だけで大丈夫よ」

「そうなのですか？」

「オバケは明るくて賑やかなのが苦手だから。もうすぐ暑くて明るい夏が来る。夏になるとオバケはあの世に帰るの。雨季と違って夏は苦手な季節だから」

「でも、エヴァちゃん、それだと来年の雨季にまたオバケのバギーが来るんじゃ……」

たしかにアーニャの言う通りだ。

オバケのバギー、彼の対策に国は本気で取り組むべきだろう。

アーニャ、攫われないか心配だな……。エヴァの予言した不吉なことがハズレてくれることを願うばかりだ。

◇

リリアーナとエヴァがそれぞれの仕事場に戻っていった。

今日はけっこうな雨だから〈グラン・バハムート〉の面々は特にすることがない。みんなで一つの部屋にいてだらけている。

俺は筋肉痛でボロボロの身だから、これは恵みの雨だな。遠慮なくひきこもれるの最高だぜ。

おやつの時間になった。

今日は何かおやつはあるんだろうか。ぼんやり考えていたら、店にお客さんが来た。

俺の座っている席からちょうど店が見える。筋肉痛を感じながら俺は立ち上がった。

お客さんはひらひら付きの赤い傘を持っている。誰かと思えばクララだった。赤いゴスロリコーデがよく似合っているぞ。

クララは腕に大きなバスケットを提げていた。

「おーっほっほっほっほ！　アナスタシア、この私がわざわざ遊びに来てあげましたわよ。そして、ごきげんよう、〈グラン・バハムート〉のみなさん」

クララらしい挨拶だな。

みんなでぞろぞろ店の方に出てクララを迎えた。

花が咲いたみたいにアーニャがニコッと喜んだぞ。

「わーっ、クララちゃんだ！　ごきげんようーっ」

両手をわーっと広げてアーニャがクララへと近づいて行く。クララは見るからにギョッとして身体を引いた。

「ちょっ、アナスタシア、抱きつくのは禁止ですわよ」

「うん、分かってるよーっ」

「絶対に禁止、分かってるんですわよね？」

「うんうん、分かってるよーっ」

「とか言いつつ、なんで腕を広げて近づいてくるんですのーーーっ」

アーニャが嬉しそうにクララにひっついた。

「クララちゃんかわいいよ～」

「あなた人の話を聞いてますかーっ？」

クララに遠慮なくギューッとハグをするアーニャ。

口では嫌がっていてもクララはまんざらでもない様子だった。

平和ないつもの光景だな。

「ねえ、クララよ、もっと素直にならないか？　その方がきっと人生が楽しいぞ？

クララちゃん、今日は遊びに来てくれたんだよね。あ、お泊り会する？」

「しーまーせーんーわっ」

「えー。じゃあ早口言葉の勝負する？」

「しーまーせーんーわっ。でもいちおう聞いてあげますわ。どんなのでしょうか？」

アーニャが「えっとね」と心の準備をした。

息を吸って早口言葉を始める。

「みゅーちゃんみゅみゅみゅみゅみゅ、みみゅみゅみゅみゅみゅ！　あわせてみゅみゅみゅみゅ、むみゅみゅみゅみゅ！」

え、なんて？

今の凄くないか。

「はい、クララちゃんの番だよ」

「え？　え？　え？」

クララが小声で「みゅーちゃんみゅみゅ？」と準備をした。

それからいっきに早口言葉を言ってみる。

「みゅーちゃんみゅみゅみゅみゅ、みみゅみゅみゅみゅ！　あわせてみゅみゅみゅみゅ、むみゅむみゅむみゅるるるる！　って、言えるわけありませんの！」

なかなか惜しかったな。

「はい、クララちゃんの負けだね。私のハグ一年分をプレゼント～」

「負けたのにプレゼントはおかしいですわっ。もう一回、もう一回です」

「うん、聞こえないよーっ」

「都合の良い耳ですわねっ。って、アーッ！」

アーニャにまたぎゅーっとされていた。

クララの腕にあるバスケットが揺れる。アーニャがそのバスケットの存在に気がついた。

「あれ？　今日はどういうご用事だったんだっけ？」

私にハグされに来たのとアーニャが聞くと、そんなわけありませんわとクララは返した。

「雨で暇だったのでパウンドケーキを作ったんです」

クララがバスケットをアーニャに渡した。

「一人ではとても食べきれない量ですので、みなさんにお裾分けに来ました」

「ありがとう！。生クリームをつけて一緒に食べようねっ」

仕方がないですわね、とクララ。

「アナスタシアがどうしてもとお誘いするのなら一緒に食べてあげますわっ。おーほっほっほっほ！」

初めから一緒に食べるつもりだったろうに。アーニャに誘わせないとダメなあたりがなんともクララらしい。

ソフィアさんが紅茶を淹れてくれることになった。

みんなでおやつの時間だ。

パウンドケーキを食べてみたらこれが最高に甘くて美味しかった。生クリームなしでも美味しいし、ありでもすごく美味しい。お店に出せるレベルのパウンドケーキだった。

クララが上品に小指を立てて紅茶を飲む。そして丁寧にカップをソーサーに置いた。

「さて、みなさん、ここでクイズですわ」

全員がクララに注目する。

クララってけっこうクイズ好きだよな。

「外はご覧の通りの雨ですわよね。そう、いまは雨季ですわ。そこで、雨季といえば何でしょうか。はい、アナスタシア早かったですわ！」

「え、まだ考え中だけど」

「こういうのはノリですわよノリ」

「じゃあ、カエルさん！」

「ぶっぶーですわ。そんな単純な答えではありません～」

クララがソフィアさんを見た。

「雨季か～。イワシが旬（しゅん）だって魚屋のおじさんが言ってたよっ」

「ぶっぶーですわ」

ミューちゃんを見る。

「個人的には湿気（しっけ）ミュー。もふもふな毛がジメジメになってわずらわしいミュー」

すげー分かる。

あ、クララが難しい顔をしたぞ。言葉が分からないのならなぜミューちゃんに聞いたし。

「分かるぞ。湿気やだよなー。俺、髪が整わないんだよなー」

「ソーダネ。って万年寝癖やろうが何を言っているんだミュー」

「これは寝癖じゃなくて時代を先取りした髪型なんだよ」

「永遠にその時代は来ないミュ～」

失礼な。俺のお気に入りの髪型なのに。毎日丁寧にセットしてるんだぞ？

おっと、雨季といえば何でしょうかのクイズだったな。クララがわくわくして俺を見ている。

「答えはレイニーホリデイだろ？」

「大当たりですわ！　さすがはヴィルヘルム様ですわね！」

当たりなのか……。クララのクイズってひねりも何もないよな。

「クララちゃん、雨季といえばレイニーホリデイってちょっと単純すぎると思うんだけど」

「ソーダネ！」

「私も同感～っ」

クララがドヤ顔を見せた。

「いいえ、ぜんぜん単純ではありませんわ。雨季といえばレイニーホリデイ。これはとても素晴らしいクイズです！」

まあクララらしいクイズではある。

ちなみにレイニーホリデイっていうのは、雨季に外遊びを我慢した子供たちのための休日だな。

だから、子供たちがはっちゃけるイベントが目白押しだ。俺も子供の頃には街中をかけずり回ってはっちゃけたもんさ。

クララがアーニャを指差した。アーニャはニコニコした。

「アナスタシア、レイニーホリデイの日に私と勝負をしませんこと？」

「うん、いいよ〜」

アーニャ、軽っ。クララは真剣に言ってるのに。

「私が勝ったら一年間ハグ禁止ですわっ」

「あーっ、あーっ、何も聞こえないよっ」

アーニャが耳を塞いだ。かわいい。

「きーこーえーてーまーすーでーしょー。都合の良い耳ですわねっ」

「聞こえてないってば。クララちゃん、一緒にいい勝負をしようねっ」

「ふんっ、弱小ギルドのアナスタシアには絶対に負けませんわっ」

「私も負けないよっ。でもどんな勝負をするの？」

「ぜんぜん考えてませんでしたわ」

　一同、ガクッとなった。

「そうだ。お子様向けの飛竜(ひりゅう)レースがありますわよね。あれなら白熱しそうではありませんか？」

　俺、それで昔一番を取ったことがあるぜ。飼い慣らされた飛竜に乗って子供がレースをするやつだ。楽しかった。

　でもアーニャはピンときてなさそうだな。

「では、出店の売り上げ勝負にします？　〈コズミック・ファルコン〉は例年通りお菓子(かし)ショップを出す予定ですわよ」

「うーん、〈グラン・バハムート〉はレイニーホリデイに出店はしないんだよね」

　ソフィアさんが反応した。

「アーニャちゃん、〈グラン・バハムート〉も出店をやってみようよっ。きっとすっごく楽しいよ～っ」

「え、でも何のお店をすればいいのか……」

「昔は〈グラン・バハムート〉もね、レイニーホリデイのときにお店を出してたんだよ。かわいいキャンディショップだったんだ」

「キャンディショップ！　それはやってみたいです！」

一緒にやろうねとソフィアさんとアーニャが約束していた。

「クララちゃん、〈コズミック・ファルコン〉に負けない良いお店にするからねっ」

「それでこそ私のライバルですわ。楽しみにしています。では、〈コズミック・ファルコン〉と〈グラン・バハムート〉、どちらが先に完売するかの勝負ですわね」

「受けて立つよっ」

クララが満足そうにした。

アーニャとクララ、友達同士でライバル同士。お互いに切磋琢磨して成長していくんだろうな。

羨ましいなあ。ひきこもりの俺には切磋琢磨するライバルなんて一人もいないからな。

◇

夜のことだ。風呂あがりにアーニャに声をかけられた。

アーニャはソファに座ってまるで母親みたいな表情で俺を迎えてくれた。

「ヴィル様、どうぞこちらに頭をお乗せくださいませ」

アーニャがぽんぽんと自分の太ももに視線を誘導してくる。とっても柔らかそうだ。

しかし、言っている意味が分からないぜ。

「え、いまなんて？」

「私の太ももで膝枕をどうぞ。お嫌いでしたか？」

なん……だと……っ。い、いいのだろうか。一二歳の美少女にそんなサービスをしてもらっても。

「もちろん憧れはあるけど。なんで唐突に膝枕を提案してくれるんだ？」

アーニャが頬を赤らめた。

「そ、その……。ご近所さんがですね」

うわ、出たよ、ご近所さん。アーニャに間違った知識を教える人だ。

「もしも意中の彼とグッと距離を縮めたいのなら、お風呂あがりに耳かきをしてあげるといいって言うんですよ」

ほー、なるほど。一理あるかもしれない。

かわいい女の子に耳かきなんてしてもらえたりしたら、そりゃあ好感度の上がらない男子はいないだろう。

アーニャが両手を広げて俺を迎え入れてくれる。

「さあ、どうぞヴィル様。私の太ももへ」

右を見る。左を見る。後ろを見る。よし、うるさい白いもふもふがいないぞ。存分にアーニャに甘えさせてもらおう。

俺はソファに手をついて乗っかり、アーニャの穢れのない柔らかそうな太ももに頭をつけさせてもらった。

うわ――、素晴らしいぞ――。

「こ、これはっ、思ったよりもめちゃくちゃ良いっ」

一瞬で童心に帰れた。年上の俺にそう思わせるアーニャの包容力や母性はとんでもないな。めいっぱい世話を焼かれてもいいんだっていう気持ちが強く湧いてきた。

アーニャの太ももが柔らかい。

アーニャのお腹が温かい。

アーニャの息遣いがかわいい。

アーニャの瞳が優しい。

優しい手つきで丁寧に耳かきをしてくれる。

耳かきの先端部分が俺の中に入ってくる。普段は決して人が触れない身体の部分にアーニャが入ってくる感覚はたまらなかった。人として男として一皮剥けたような気になれた。

「うふふ、私、耳かきをさせてもらえて幸せでございます」

なんて心の綺麗な子なんだ。

「俺も幸せだよ、アーニャ」

ああ、気持ち良い。ずっとこうされていたい。このまま、何年でも、永遠に――。

しかし、こういう幸せって終わりはすぐに来てしまうもの。耳かきはもう終わってしまった。なごり惜しいけどアーニャの太ももから離れないと……。

「ヴィル様、反対側を向いてくださいませ」

「え、いいのか」

「もちろんでございます」

幸せがまだ半分残っていた。嬉しいなんてものじゃなかった。

俺は反対側もしてもらうために一度起き上がった。

うわ、ソファの後ろ側に白いもふもふが立っていたぞ。

なにやらこめかみをピクピクして機嫌を酷く悪くしている様子。目付きが悪いな。ストレスがたまっているようだ。

ま、気にするまい。俺はアーニャに耳かきをしてもらうことに忙しいんだ。どっこらせと。ああ〜、アーニャの太ももに安住したい。

「こ、このニートやろう。堂々とお嬢に甘えやがって」

　ドスのきいた声だった。

「まだ片方だけだよ。だからもう少しそこで見ていてくれ。アーニャ、よろしくな」

「はい、ヴィル様！」

「もう耳かきはおしまいだミュー！　なんでこんなやつのために二階に行ってシーツを新しいのに取り替えてきてあげてしまったんだミュー。気持ちの良いベッドでさっさと寝やがれミュー」

「え、ひきこもりの俺のためにそんなことをしてくれたのか。ありがとな」

「感謝の気持ちが半減して聞こえるミュー。どうしても耳かきをしたいのならこのもふもふの太ももでしてあげるミュー！」

「それは勘弁……」

　ミューちゃんに身体を起こされてしまった。

　あーあ、まあ、諦めるか。片方だけでもじゅうぶんに幸せだったたし。

　でも片方の耳だけ綺麗なのは気持ちが悪いな。自分でするか。アーニャの太ももの感触と優しい手つきを思い出しながら。

「ミューちゃん、私はヴィル様にご奉仕してさしあげたいのですが」

「お嬢はお風呂にでも入ってくるミュー」

ミューちゃんの言葉はアーニャには通じない。だからミューちゃんはアーニャを抱っこして立たせてお風呂に向けて歩かせた。

耳かきをしながらアーニャに声をかける。

「アーニャ、耳かき最高だったぜ。何かお礼をしたいけど、欲しいものとかあるか？」

アーニャの瞳がキラッと輝いた。

「私、強くなりたいですっ」

即答だったな。前から考えていたことだったんだろう。アーニャがミューちゃんの手をくぐりぬけて俺の傍に寄ってきた。

「もうすぐ灯火送りがありますよね。その日が私と父の最後のお別れの日なんです」

灯火送りは大事な人の魂を死後の世界へと送ってあげる大事なイベントだ。

たしかに開催日はそう遠くはない。

「その日までに私はどうしても父が安心できるくらい強い女の子になっていたいんです。父が見ていたときの私はとても泣き虫でしたから」

へえ、アーニャって泣き虫だったんだな。

俺が知ってるアーニャは泣かないイメージだった。

たとえお金に困っても〈グラン・バハムート〉が潰れそうでも古代魔獣を目にしても泣かなかった子だったから。

俺はアーニャの頭をぽんぽんして髪をわしゃわしゃ撫でてあげた。もうお風呂に入るんだし髪が乱れてもいいだろう。遠慮無く撫でてあげた。

「ヴィル様の手、おっきいです」

アーニャはされるがままになってくれている。

アーニャは頭を撫でられるのが上手だ。きっとアーニャのパパもこういうことをしてあげていたんだろうな。

「分かったよ、アーニャ。強くなろう。優秀な俺が指導すれば絶対に強くなれるぞ」

おや？　アーニャがピクッと反応して窓の向こうを見た。

今にも泣きそうな顔になる。

小さい手で俺の服をぎゅっとしてきた。

なにかと思えば家の窓に蛍光色の何かが張り付いていた。

「ああ、オバケか。あの世から遊びに来たんだな」

でも、力が弱いからバギーみたいにしっかり実体化ができていない。あの状態なら人間に悪さはできないぞ。

オバケが窓の向こうから手を振ってくれた。アーニャが俺の後ろに隠れた。

「大丈夫だよ、アーニャ。あれくらいのオバケは絶対に何もしてこないから」

「で、でも……」

「お嬢はオバケが苦手ミュー。世の中どうしても苦手なものってあるミュー。あ、そういえば、今日はランプを灯し忘れていたミューね。ちょっと灯してくるミュー」

「ミューちゃん、また燃えるなよ？」

「大丈夫、大丈夫。毎年やってるから慣れてるミュー」

まだオバケが怖くてしがみついてるアーニャ。

俺は背中をポンポンしてあげた。

ミューちゃんがランプを灯せばいなくなるさ。

「ぎゃーっ、熱っついミュー！」

あ、またもふもふな毛を燃やしてる。あいつ毛が多いもんな。

オバケがスーッと離れていく。火をちゃんと灯せたみたいだな。

俺が心配して裏口に出てみるとミューちゃんは凄く恥ずかしそうにしていた。

第5章 ★★★ ひきこもりは美少女の剣の先生になる

暑いくらいに晴れた日になった。

これだけの暑さを感じると夏が近づいてきているんだなって感じる。

俺とアーニャは〈グラン・バハムート〉の庭でこれから剣の特訓を始めるところだ。

なんかアーニャが重たそうな大剣を持ってきたぞ。年季の入った大剣だ。

「ヴィル様っ、これ、父の大剣なんです」

「立派な大剣だな。アーニャのパパは力持ちだったってよく分かるよ」

「私の父は片手でこの大剣を軽々と振っていたんです」

凄いな。さすがはギルドマスターをやっていた人だ。

アーニャが試しに振ろうとするけど、持ち上げただけで足がふらついていた。

「危ない危ない」

俺は大剣を受け取った。

「アーニャにはまだこの大剣はちょっと早いよ」

「はい。でも目標として、このくらいの大剣を振れるように私はなりたいんです」

　アーニャは懐かしむように目を細めた。

「昔、父は言っていたんです。このくらいの大剣を振れるようになって強い魔獣を倒せるようになれたなら、アーニャは一人前の立派なギルド戦士だよって」

　アーニャが八歳くらいのときに聞いた話だそうだ。八歳だと絶対にこの大剣を振るのは無理だろうな。

　というか、パパは本気で言ったのか分からないぞ。このごつい大剣は女性が扱う武器には思えない。笑いながら言ったんじゃないだろうか。

「優秀なヴィル様なら私を一人前のギルド戦士にしてくれますか？」

「え……？」

　うわ、期待の眼差しが凄い。

　かわいい女の子の綺麗できらきらな視線は俺には眩しすぎる。

「できればあと一〇日くらいで一人前のギルド戦士になりたいんです」

「と、一〇日？　そんな短期間で一人前に？」

「はいっ」

　一〇日？　灯火送りまでにってことか。いやいや、そんなの無理に決まってる。

アーニャは小柄だし筋肉量だって足りないし。魔力で身体強化をすればあるいはいけるか？　いやでも、身体強化系の魔法はぜんぶ難しいから子供向けじゃない。

気持ちには応えてあげたいが……。

「と、とりあえず、アーニャの現状を整理してみようか」

練習用の柔らかい木剣をアーニャに持ってもらった。

「まずはその剣で素振りをしてみてくれるか？」

「はいっ！」

アーニャが剣を振る。なかなか良い振りだった。

「次は剣舞の動きで俺に斬りかかってきてくれ」

「いきますっ！」

くるくる舞いながら俺に斬りかかってくる。ひたすらかわいかった。スカートと長い髪がふわふわ揺れるのが特にかわいい。

「最後に、本気の剣を見せてくれ。アーニャが一番得意な剣技を見てみたい」

「分かりましたっ」

アーニャがぴょんこぴょんこ片足ずつジャンプしながら俺に迫ってくる。

だよなあ。この謎の動きだよなあ。

　オバケヤマネコと戦うときもこうだった。アーニャって変なクセがついてるんだよな。

　この動きのアーニャは超弱い。

　俺は簡単にアーニャの頭にぽこっと剣を当てることができた。アーニャの目が×になる。

「アーニャ、今の剣技はなんなんだ？　教えてくれたのは誰？」

「父ですっ」

　お父ーーーさーーーんっ。

「母の剣技を娘の私に受け継がせたかったのが理由だそうです」

　お母ーーーさーーーんっ。

　結果として娘さんに変なクセがついてますよ。まあでも、ご家族の気持ちは伝わってきた。

「アーニャのママの剣技って名前はなんていうんだ？」

「分からないですっ」

「えっ」

「ソフィアさんも忘れたって言ってました」

　ソフィアさーーーんっ。

　あの人、頼りになるお姉さんっぽい雰囲気はあるのに、頼りにならないことの方が多い気がするぜ。

「ロバートおじさんなら知っているかもしれません」

俺の父か。イヤだなあ。

「私の父や母と一緒にクエストをしていたことがあったそうですから」

マジか……。仕方がない。聞いてみるか。

ミューちゃんが家からぴょこっと顔を出した。

エプロンをつけていてかわいいぞ。

「二人とも休憩にするミュー。ソフィアがフィナンシェを作って来てくれたミュー」

「よし、いったん休憩にするか」

「ヴィル様、食べ終わったら一番簡単な勇者の神剣技を教えて頂けませんか？」

「神剣技か……。あれは剣の基本がしっかりできてからの方が——」

いや、待てよ。

一つ、俺は思いついたことがある。

勇者の神剣技には剣が重たい方が回転力が上がって威力が増すのがあるんだよな。

もしもアーニャがその技を覚えることができたなら、そして、大剣でその技を使えるなら——。

アーニャは灯火送りまでに少しは一人前になれたって自分を誇れるんじゃないだろうか。アーニャのパパだって、そんな凄い技を習得した娘を見たら天国で安心してくれると思う。だから俺はその神剣技を教えてあげようと思う。

ちなみにソフィアさんも一緒に習いたいらしい。Ｄランクまでの簡単なクエストしか攻略できない自分を変えたいんだそうだ。

みんな向上心があって偉いと思う。ひきこもりの俺とはぜんぜん違うぜ。

さて、やって参りました。俺の実家、ワンダースカイ家だ。

夕暮れ時だ。この時間なら間違いなく父は家にいるだろう。

入ろうとしたら兵士たちに止められた。

「ぼ、ぼっちゃん、家に帰ることはお父様から固く禁止されていますっ」

「ここは俺の家だっ。帰ったっていいだろ。父上に大事な話があるんだ。どいてくれっ」

立ち塞がる兵士たちを振り切って俺は強引に家に入った。

父は食事をする部屋にいた。

テーブルに豪華な食事を並べて、さあこれから食べるぞってところみたいだ。

高級なエビに貝に肉にとめちゃくちゃ贅沢な晩ご飯だぞ。

「あー。気分がいい！　ひきこもりのヴィルなんとか君が家にいないと心が晴れ渡るぅ」

それ、ヴィルヘルム君ですね。俺のことだ。

父は俺が部屋に入ったことには気がつかなかったみたいだな。酒の瓶を手に取ってメイドさんに見せびらかせている。自慢のワインみたいだ。

「むふふ。きみ、これが何のワインか分かるかな？」

「とってもお高いワインですか？」

「その通り。だが、それだけではないぞ。これはあのヴィルなんとか君が生まれた年のワインだ。いつかあいつが立派になったときに一緒に飲もうと思って大事にしていたんだが。

だが、一向に立派になる様子がない。だから今日、いっそ開けてしまおうと思う！」

なんてことだ！

俺はもうとっくに立派な男になっているというのに！

「はっはーっ。悔しがるあいつの顔を思い浮かべるだけで楽しい！　その愉快な顔を肴に飲むぞーっ！　さあ、宴だあ。みんなで飲もう！　今日は無礼講だーっ」

メイドさんがちらちら俺を見る。どうしたらいいのか分からなくて愛想笑いをくれた。

肝心の父はまだ俺に気がついてないんだよなあ。

「おっと。コルク抜きが無いな。きみきみ、持ってきてもらえるか。いや、やはり自分で持ってこようか。スキップしながら持ってきたい気分だ。心がぴょんぴょん跳ね踊る〜」

父は席を立った。そして、キッチンへ向かおうと振り返る。

その振り返った先には、ジト目の俺がいる。

やっと俺に気がついて父は目玉が飛び出そうな程に驚いていた。

「うっぎゃあああああああああ。長男の亡霊がでたあああああああああああっ！」

「驚きすぎですっ。あと、亡霊じゃありません！」

「えええええええええっ。亡霊になっててもよかったのに！」

なってたまるかい。

「父上、とりあえずこのワインは俺が預かっておきますね」

高級ワインを手に取った。

ラベルを読んでみると本当に俺の生まれた年のものだった。

しかも、超高級ワインだ。なんでもない日に開けるようなものじゃない。

「ちょっ、ああああああああーっ。私の今夜の楽しみがーっ。返しなさーいっ」

驚くくらいのスピードで父にワインを奪い返されてしまった。

「はっはーっ！　誰が貴様なんぞに飲ませるか！」

むしろ俺に飲ませるために買っておいたはずなのに！

俺は猛スピードでそのワインを奪い返した。

「ああああああああああっ！」

「このワインは俺が大事に預かっておきますってば」

「許可するものかーっ。ヴィルなんとか君、さっさとワインを返しなさーーーいっ」

「なんとか君じゃなくて俺はヴィルヘルムですっ。顔を近づけないでください。きもいですっ」

父が両手を伸ばして超接近してくる。

俺は父の顔面に手をやってどうにかワインに近づけないようにしている。

なにをやっているんだ、俺たちは。バカなことをしてないでさっさと本題に入ろう。

「父上、お聞きしたいことがあるんです」

「なんだっ。就職のやり方でも聞きたいのかっ」

「違いますっ」

「なぜ違うのだっ」

「俺の本業はひきこもりっていう立派な仕事だからですっ」

「それ立派違う！」

「いえ、立派です！　お聞きしたいのは別の話です！」

「分かった。ワンダースカイ家の跡継ぎを辞退するって話だな！　めでたい！」

「なにバカみたいな夢を見てるんですかっ。憧れの食っちゃ寝生活のためにも跡継ぎは死んでも辞退しませんよっ」

「死んだらさすがに辞退しろよ、このダメ長男！」

まあダメ長男なのは否定できないな。

「ていうか、本題を言わせてくださいっ」

「なぜ言わんのだっ」

「父上が話をそらすからですっ。父上はアーニャのご両親と仲が良かったんですよね」

「たしかにそうだな」

「アーニャのママの剣技について教えてもらえませんか？　それをアーニャに教えてあげたいんです」

「誰が貴様なんぞに教えるかあああああああああ！」

「かわいいアーニャのためですよっ」

「アナスタシアは目に入れても痛くないくらいにかわいいが、まったくかわいくない貴様が喜ぶのは死んでもごめんだああああああああああ！」

「その言葉、酷すぎませんーーー？」

「ぜんぜん酷くないわあああああああっ」

なんて親だ。やはりこの人に聞くのは間違っていたな。

ワインを預かってこのまま帰ろう。

「くっ、また来ます」

「もう来なくていいっ。あ、いや、待て待て、ヴィルなんとか君。ちょうどよかった。リチャード、あれをここに！」

「かしこまりました」

執事のリチャードが姿勢良く部屋を出て行き、すぐに戻ってきた。何やら紙とペンを持っている。それを父に渡した。

「ありがとう、リチャード。さあ、ヴィルなんとか君。何も聞かずに黙ってこの紙にサインをしなさい」

「それ、完全に詐欺のセリフですよ？」

どれどれ。いったい何の紙だろうか。

その紙には「長男を次男にして次男を長男にする同意書」と記述があった。

俺を次男にするつもりかっ。

「誰がこんな同意書にサインをするかーーーーーーーっ」

俺は同意書を派手に破り捨てた。破った紙が空中を舞う。

「ああああああああっ。涙をこらえながら丁寧に書いたのにーーーっ」

「数秒で書いたような殴り書きでしたっ」

「そんなことはないっ。貴様は父の愛を疑うと言うのかっ」

「信じられる要素が一つもないですっ。というわけで、このワインは頂いていきますからね」

「なあああああああああにいいいいいいいいいいいっ」

あ、ついでにこのごちそうを少し包んで帰るか。

アーニャとミューちゃんに食べさせてあげよう。なかなか貴族の高級料理を食べる機会なんてないだろうからな。

◇

二日連続の晴れだ。

ギルドの掲示板に行ってクエストを確認する。今日は少し働こうと思っている。期限が近い仕事からやろうか。

期限が五日以内のクエストを見てみる。

薬草や花なんかの植物採取系の依頼がどっさりある。他には、珍しいハチミツの採取依頼があるな。

植物採取はアーニャが得意だし、ハチミツの採取はミューちゃんが得意だ。だから俺は他のクエストにしようと思う。

期限を一〇日以内でチェックしてみる。

Bランクのクエストが一つあるぞ。

俺はその依頼紙を手に取った。報酬は六万七五〇〇ゴールド。いいお値段だ。しかも、それなりにスリルがあって楽しそうな仕事だと思う。

「アーニャ、このクエストに一緒に行くか?」

アーニャはハチ避けの防護服をせっせと用意しているところだった。

「すみません、今日は急ぎで別のクエストに行かなければならず……」

「え、なんかあったのか?」

「依頼主様にスイーツの大口予約が入ったとのことで、どうしても美味しいハチミツがたくさん必要らしくて……。これからミューちゃんと行ってハチミツを取って参ります」

ハチミツ採取のクエストが確かにあったな。

期限が前倒しになった分は報酬を弾んでくれるそうだ。そっちの仕事の方が大事だよな。

依頼主の期待には応えたい。

「ヴィル君、そっちのクエストには私が一緒に行くよーっ」

アーニャの準備を手伝っていたソフィアさんが元気よく挙手をした。というわけでソフィアさんと二人でクエストに行くことになった。


街をソフィアさんと一緒に歩いて行く。

真っ昼間だから人が多いのなんの。人を避けながら歩くのは気疲れするし、がやがや声は頭に響くし、耐性の無いひきこもりにはつらいぜ。

このままだと人酔いしてしまうので、俺は俯きがちに歩いた。

「あ、教会の聖女様がいるよっ。このあいだ良い喉薬を作ってあげたんだよね？　って、なんで私の後ろにいるの？　さっきまで隣を歩いてなかった？」

う……、バレたか……。

「イカみたいにげっそりしてるし、どうせ人酔いしたんでしょ？」

バレテーラ。

「ソフィアさんの歩く姿って綺麗だなって後ろから見ていただけですよ」

「うんうん、もっとげっそりしてないときに言ってね」

そりゃそうだな。

雑音をできるかぎりシャットアウトするために俺はフードをかぶった。多少はマシになったと思う。

なんか視界の端に白い豪華な修道服を着た女性がいた。そういえば、聖女がいるってソフィアさんが言ってたっけ。

聖女は、通りのだいぶ向こう側を歩いていた。

長いオレンジの髪のスラッとした女性だ。何人かの修道女と一緒に歩いているが、聖女が一番目立っている。

「……あれ？　聖女って五〇代の女性じゃありませんでしたっけ？」

「え？　その聖女様は去年引退しちゃったよ？　聖女様ってけっこう忙しいから、年をとるとしんどいみたい。だいたいいつも五〇歳くらいで代替わりするみたいだよ」

「へえー……、俺は去年は完全にひきこもってましたから」

「あー、それじゃあ知らないよね。お披露目会とかあったんだけどね」

代替わりねえ……。

う、うーん、なんかあの聖女、すごく見たことがあるんだけど……。

本当にあの人が聖女なのか？　俺にはちょっと信じられないぞ。

「ちなみに、あの聖女の名前ってもしかしてエーデルワイスですか？」

「そうだよ。あれ？　ヴィル君の知り合いなの？」

「そうですけど。マジですか」

「マジだよ」

「聖女ができそうな人は他にいなかったんですか？」

「あははは、ヴィル君みたいなことを言う人ってけっこういるよねー。でもエーデルワイスさん、ちゃんと聖女様してるよ？」

「へえ～、あの悪ガキ――じゃなかった。お転婆なエーデル姉がねぇ」

エーデル姉と俺は小さい頃からの仲だ。

年は一歳違うけど、お互いに貴族の子だし、親同士が仲が良いのもあってしょっちゅう一緒に遊んだ思い出がある。

ただ、昔からちょっと素行が悪いんだよな。

あのエーデル姉が聖女ねえ……。にわかには信じがたい話だ。

エーデル姉は別の道へと行ってしまったからすれ違うことはなかった。

街を北西側から出るとすぐに森に入る。

一本一本の木々に距離があって、かなり歩きやすい森だ。

見晴らしがいいせいか、木に登るような小型でのんびりした魔獣しかいないんだよな。

木漏れ日が綺麗だ。

なかなかいい景色だと思う。この場所を綺麗な女性とひきこもりの俺が一緒に歩いているのってちょっと贅沢なことかもしれない。

「私、クエストでこっちの方に来るのはひさしぶりかも」

「このへんって良い素材がありませんもんね。魔獣だって少ないですし」

そうなんだよねー、とソフィアさん。楽しそうに歩いている。

ちなみに、俺たちが受けたのは「レッドコカトリスの卵を奪取せよ」ってクエストだ。

コカトリスってもっと山奥にいる強いモンスターだけど、そのさらに強い亜種のメスがこの先に巣を作ってしまったらしい。

その巣にある卵を高級レストランが料理に使いたいんだそうだ。

ちなみに、コカトリスはにわとりの頭と身体で尻尾は蛇っていう見た目の魔獣だ。生態としては、にわとりとだいたい一緒。

「でも可哀相だよねー」

「なにがですか？」

「巣から卵を取っちゃうんでしょ？　私が魔獣だったら怒っちゃうなー」

「巣にはメスしかいないんで無精卵じゃないですか？　卵を取っても怒らないと思います」

「本当かなあ」

「まあすぐに分かりますよ」

ちなみに、無精卵はいくら温めても雛は生まれない。だから食用にちょうどいいんだ。

二〇分ほど歩いていくと、かなり広い泉に出た。

とても綺麗な泉だった。

水鳥がのんびり浮かんでいる穏やかな場所だ。

国が管理していることを表わす立派な石碑がある。こんなところをなんで管理しているのやら。景観の保護だろうか。

「あれ？　私、小さい頃にここに来たことがあるかも」

「こんな何もない泉にですか？　魚釣りでもしてたんですか？」

「んーん。アーニャちゃんのママのアンジェリーナさんと一緒に来たんだよ。アンジェリーナさんはこの水の上で翼をはためかせて綺麗な舞いを踊ってて」

「夢でも見てたんじゃないですか？　人に翼って、ありえないじゃないですか」

「アンジェリーナさんは神に祈りを捧げる巫女だったんだよね。その舞いをここで踊ってて。あれー、私、アンジェリーナさんにここで何か大事なことを言われた気がする。でも昔のこと過ぎて思い出せないなあ」

　ソフィアさんは少し考えたけど、やっぱり大事なことは思い出せなかったらしい。

　ただ、思い出せたこともあった。

　アンジェリーナさんはこの泉で、神に雨や豊穣を祈る巫女だったそうだ。その祈りは珍しい剣技を使った美しい舞いだった。

　そしてその舞いは、国が長いあいだ保護してきた伝統文化だったらしい。

　しかし、代々、清らかな女性ただ一人にしか受け継がれない特別な文化だったために、アンジェリーナさんの早世で継承者がいなくなってしまったんだそうだ。

「もしかしたら次の継承者はソフィアさんだったのかもしれませんね」

「そうかもしれないけど、アンジェリーナさんが生きてたらアーニャちゃんだったんじゃないかなあ。そんな気がするよ」

　伝統文化だからこそ、この泉は国が保護していたんだな。納得した。

「さて、クエストに戻りましょうか。レッドコカトリスの巣はこの対岸だそうです。泳ぎます？　それともぐるっと泉を回ります？」

泳ぐには遠いし、ぐるっと回るのにも一時間近くかかりそうだ。それくらいに泉が広い。

「そんなことをしなくても大丈夫だよ？」

ソフィアさんが足首まで水に浸かって蓮の葉を剣で斬った。とても大きな大きな蓮の葉だ。

続いてソフィアさんは手近な長い木の枝を見つけてきた。

「それ、どうするんです？」

「船の代わりにするんだよ？」

ソフィアさんが蓮の葉を泉に浮かべた。

そして、ぴょんと葉に乗った。けっこう揺れたけど、ぜんぜん沈まなかった。

「ほら、ヴィル君も早く」

「ちょっと怖いですね」

ぴょんと乗った。かなり揺れたけど蓮の葉は沈まなかった。

ソフィアさんが木の枝で水底を押して蓮の葉を前に進めた。ゆーっくりと進んでいく。

「対岸までけっこうありますよ……。ずっと押すんですか？」

「違う違う。ここの魔獣はだいたい親切なんだよ。ああ、ほらほら、来た来た」

ソフィアさんが指差す方を見てみると、すぃーっと二つの目玉が近づいて来た。何かと思えばカエルの魔獣だった。俺よりも一回りくらい大きい魔獣だ。

こんな足場で戦うのはイヤだな。

「ヴィル君、ここは神聖な泉だから殺生は禁止だよ？」

「でも魔獣が」

「まあ見てて」

カエルの魔獣が俺たちの後ろについた。そして両手で蓮の葉を持つ。

ぴょんこぴょんことカエル泳ぎをして前進を始めた。

つまり、俺たちを対岸に向けて押してくれている。

「え、どういうことですか。このカエル親切すぎません？」

「だよねー。でも世のなか広いし、そういう魔獣がいてもいいんじゃない？」

水鳥がすぃーっとたくさん近づいてくる。

ソフィアさんが優しい手つきで水鳥を撫でていた。

野生の動物が人間や魔獣の傍に近づいてくるなんてありえない。

「なんとも不思議な体験ですね」

うっかりカエルを斬らなくて良かった。かなり楽に対岸まで運んでもらったぞ。

俺たちはカエルに礼を言って、森を進んで行った。

レッドコカトリスはかなり巨大だった。

巣の上に座って来訪者である俺たちを食い殺すような目付きで睨んでいる。体毛が燃えさかる炎のように赤いのもあってとんでもなく迫力があった。

俺の知っているコカトリスとぜんぜん違うぞ。

体高は人間の五倍はあるんじゃないだろうか。普通のコカトリスだって人間の大人よりは背があるけどここまでじゃない。

これだけ大きいんだし、そうとう強いのは間違いないだろう。

「ソフィアさん、どっちかがおとりになって、もう一人が卵を取る作戦にしましょう」

「うん、それが無難だねっ」

「じゃあ、ソフィアさん、おとりをお願いできますか?」

「ええええーっ。なんでっ。普通は逆じゃない?」

「適任だと思いますけど」

「そんなことないよっ。私が卵を取ってくるよ」

卵は巣にたくさんある。どれも大きい。

あれを持ちあげるだけでもなかなかの大仕事だぞ。大丈夫だろうか。

「レッドコカトリスって蛇の形をした尻尾に毒がありますから気をつけてくださいね。あと、正面の口からは魔法を撃ってきます。かなり危険ですよ」

「待って。なんで私がおとりになる前提の話をしてるの？」

「俺よりもソフィアさんの方がおとりとして美味しそうですし」

「おっぱいを見ながら言わないでっ。あの魔獣はメスでしょ。おっぱいに興味はないからっ」

「興味あるよなあ？」

「グエーーーーーーーーーーーーッ！」

「ほら、あるって言ってますよ？」

「いまのは私たちを威嚇しただけだからっ」

俺は手近な石を拾った。こぶし大の石だ。当たったら痛いだろう。

これをあいつにぶつけようと思う。

「仕方がないですね。今からこれをあいつにぶつけます」

「よーし、卵は私がゲットしてくるから任せてねっ」

「ええ。でも、もしもソフィアさんが追われたときは俺が卵をゲットしますよ」

「うん、それでいいよ。でもそのときはすぐに助けにきてねっ」

「もちろんです。では、いきますっ。あ、そーれっ！」

俺は魔力で身体能力を強化して、石をレッドコカトリスの顔に投げつけた。

「ギャーーーーーーーーーーーーーーーッ！」

レッドコカトリスが目を×にした。そして、すぐにジロリと俺を睨む。

俺はソフィアさんを指差した。

「この人がやりました」

なんてな。

「ちょっとヴィルくうううううううううううん？」

「グエエエエエエエエエエエエエエエエエエエ！」

「あなたも信じないで！　こっち、この人がやったから！　今、ぜったいに分かってて私を見たよねっ！」

レッドコカトリスが巣から出てきた。そして、威嚇して俺たちに迫る。

「二手に分かれましょう！」

「え？　え？　ええええええ？　もう倒しちゃってよ！」

「そんなことをしたらもう卵の依頼がこなくなるじゃないですか。資源の保護、大事ですよ！」

俺はソフィアさんから離れた。ソフィアさんはどうしようか迷って動かない。

さあ、レッドコカトリス。どっちに来るんだ。

あ、ちくしょう。俺の方に来た。

「あはは、日頃の行いだねっ。卵は私がしっかりゲットするから頑張ってねーーーーっ」

「おかしいな。日頃の行いは良いのに。卵の方、よろしくお願いしますねーーーーーっ」

ま、これが無難な結果なんだろうな。俺は走り出した。

うわ、すっげー。大怪獣に追われてる気分だ。レッドコカトリスが土煙をあげてドタドタ追ってくる。

捕まったら食べられるだろうな。ははは、俺は優秀だから捕まらないけどな。

しばらくスリルを味わうとするか。

ん？　レッドコカトリスが急ブレーキをかけたぞ。そしてすぐに戻った。巣の方向だな。

あ、ソフィアさんが卵を抱えて歩いている。

「あれ？　ちょっと待って？　嘘嘘嘘ーーーーっ。ヴィル君ーーーーーっ」

「ソフィアさん、頑張って逃げてくださいーーーーーっ」

「無理無理無理、Bランクだよこの魔獣ーーーーっ」

「戦わなくていいです。逃げるんですーーーーっ」

言わなくてもあっという間に逃げ出しているソフィアさん。レッドコカトリスの大きな卵をお腹(なか)に抱えて猛烈(もうれつ)なスピードで走って行く。

ああ……、おっぱいが大きすぎて卵が持ちにくそうだ。

魔法のリュックに卵をしまう時間がなかったんだろうな。あるいは大きすぎてリュックの口に入らなかったか。

「いやあああああああっ、食べられるーーーーーっ。絶対に食べられちゃうよおおおおおおっ。あと自慢してるわけじゃないけどおっぱいが大きすぎて走りにくいよーーーーーっ！」

「おっぱいで卵が弾んでますけど、絶対に落とさないでくださいよ。状態が良くないと納品できませんからーーっ」

「分かってるけど難しいよーーーーっ！」

「グエエエエエエエエエエエエエエエエ！」

怒ってる怒ってる。

あ、口から炎の魔法を飛ばした。

「ソフィアさん、左にジャンプしてください！」

「ひいいいいいいいいいっ！　危なーーーーーっ。ちょっと服がこげちゃったあああああっ」

「でもナイス回避ですっ」

「追い付いてるなら助けてよおおおおおおおっ！」

「ソフィアさんが必死だったので邪魔しちゃ悪いかなって」

「絶対に見てて楽しんでたでしょおおおおおっ。はい、これ持って！」

「しょうがないですね」

俺が卵を抱えて走った。

めちゃくちゃ走りにくいな。ソフィアさんよくこの状態であの速度で走れたもんだ。長いことギルド戦士をやっているだけある。

泉が見えてきた。

さっき乗ってきた蓮の葉がある。それに乗って帰ろう。

「ソフィアさん、先に蓮の葉に乗って進んでくださいっ。はい、卵パスです」

「ヴィル君はどうするの！」

「あいつの足止めをしますっ」

俺はブレーキをかけて振り返った。怒りまくりのレッドコカトリスが猛進してくる。

ちょっとびっくりさせてやるぜ。

これは勇者の神剣技の一つ。といっても剣は使わない技だ。勇者が得意だった逃走用の魔法だな。

俺は魔力を右手に込めて白く輝く弾を作り出した。

「巣を荒らしちゃって悪いな。でも良い金になるからまたそのうちお邪魔させてもらうぜ。くらえっ。閃光魔法《フラッシュボール》！」

魔法の弾をレッドコカトリスの顔面にぶつけてやった。

すると、魔法の弾が驚くくらいに強烈な光を放って爆発した。

威力はまったく無い爆発だ。だが、目を開けていたらやられるんじゃないかってくらいの光が爆発的に広がっていく。

俺の視界が光で埋まってしまった。

その光があるうちに、俺は振り返って走った。

目を瞑ったままでも優秀な俺なら走れる。

レッドコカトリスが倒れる音が聞こえた。驚いて失神したのかもしれないな。

泉まで来た。

俺は目を開けて蓮の葉に勢いよく跳び乗った。

蓮の葉が大きく揺れる。卵を抱っこして座っていたソフィアさんは、落ちないようにしっかりと俺につかまった。

傍にいた水鳥たちがバタバタと飛び上がった。

おおおお、一斉に翼を広げて飛ぶのはかっこいいな。素晴らしい景観だった。ソフィアさんが「わあ」と感嘆の声をあげた。

カエルがすいーっとやってくる。また押してくれるようだ。

「クエスト、攻略完了ですね！」

俺がグーを出すと、ソフィアさんがグーをぶつけてくれた。

「もう、ヴィル君が意地悪するから死ぬかと思ったよ」

「でも良い経験になりましたよね」

「え？　なったのかなあ？」

おや？　ソフィアさんにいつもの元気がないぞ。疲れたんだろうか。ぼんやりと水鳥を見ている。

水鳥たちは少し遠くの泉の真ん中に一羽ずつ下りていった。優雅な下り方だなって思った。

「あ、思い……出したよっ」

「なにをですか？」

「アンジェリーナさんの剣技」

「え？　え？　なんで水鳥を見て思い出すんですか？」

「だって、剣技の名前が水鳥の神速剣だったから」

「水鳥の神速剣――？」

初めて聞いた剣技だった。

それもそうか、伝統的に一人の女性にしか受け継がれないものなんだから俺が知っているわけがない。

「私、ここでアンジェリーナさんに水鳥の神速剣を見せてもらったんだよ。そのときに大事なことを聞いてたのをすっかり忘れてたよ」

ソフィアさんが思い出を懐かしむように泉を見た。

「アンジェリーナさんは言ってたんだ。私の代で継承者が途絶えるかもしれないから。だから水鳥の神速剣の秘伝書を書き残しておくって。その秘伝書を読んで、いつかアーニャちゃんに教えてあげてねって言ってた」

「秘伝書？　そんなのがあるんですか？」

「うん、それを探してみようよ。アーニャちゃんに伝えてあげないと」

秘伝書があるのはありがたい。

なにせ俺は魔王（まおう）が残した研究資料だけで極限魔法を復活させた優秀な男だ。だから秘伝書があるのなら復活できるだろう。伝統剣技、水鳥の神速剣を――。

ギルドに帰って早速本棚（さっそくほんだな）を探してみた。しかし、秘伝書は見つからなかった。

この展開は想像していなかった。これは年末の大掃除（おおそうじ）のときにでもないと出てこないかもしれない――。

第6章 ★★★ ひきこもりはオバケ対策に駆り出される

……。……。俺の眠りが深いところから浅いところにきた。

あれ、ほっぺに謎の感触がある。ぺちぺちしてくる。

なんだこれは。肉球の気がする。ミューちゃんか？　でもあいつ肉球あったっけ。まあいいか。

……。……近くでケケケケッてオバケみたいな笑い声があった気がする。

ん？　んんん？

俺の身体が勝手に動いたぞ。

俺はベッドの上に座る姿勢になった。どういうことだ。

いやでも、そんな程度のことでは俺は目を覚まさないぜ。

次は俺の身体が勝手に立ちあがった。

意味が分からない。いったい俺の身体に何が起きているんだ。まさか何かに操られている？

「す、凄いよ。ここまでして起きない人がいるだなんて。面白いお兄さんだね。ケケケケッ」

なんかエヴァの特徴的な笑い声が聞こえてきた気がする。
唐突に俺の身体はブリッジを始めた。なんでだ。本当になんでなんだ。なんで俺は浅く眠りながらブリッジをしているんだ。

「これでも起きないんだね。じゃあ、ブレイクダンスをしてもらおうっと」

うおおおお。俺の身体が勝手に動く。
ベッドの上に頭で逆立ちをしたぞ。しかも、足を広げてくるくる回り出した。

「ぎゃあああああっ。これはいったい何が起きているんだっ」

「目を瞑ったまま戸惑ってるよ。ねえ、ヴィルお兄さん、もう起きる？　起きるよね？　もうお昼だよ？　起きる時間だよ？」

「いや、寝る。絶対に寝る。俺は惰眠を貪るのが大好きなんだ」

「うわー、困ったお兄さんだね。じゃあ次は股割りかなあ。ケケケケッ」

「いや、ちょっ。股割りとか酷くねっ。ひきこもり生活ですっかり関節が硬くなってるから。やったら死ぬから！」

「ふーん」

いや、ふーんって。ふーんって！

俺の足がどんどん開かれていく。

こらこらこらこら。本当に死ぬって。死ぬ死ぬ死ぬ。

あーもう限界点。いてててて。いてててててて。いててててててて！

「まだ我慢できるの？」

「できないっ。でも眠りたい。俺は起きないぞ！」

「じゃあ、もっと足を広げようっと」

「あいたたたたたたた！」

「起きないともっともっと足を広げるよー」

「寝たいっ。俺はそれでも寝たいんだっ！」

「そう言ってくれた方がエヴァちゃん的には嬉しいよ。はい、これでとどめだよ。股割り全開ーっ！」

「うっぎゃああああああああああ！　って、本当に死ぬわーっ！」

「あ、起きたー。ヴィルお兄さん、いいお目覚めだね？」

「いや、最悪だよっ」

股間まわりが痛いなんてものじゃない。

身体の中で骨が外れたり筋肉が切れたりしてるかも。いててててて。せめて寝込みじゃなければもう少しいけたんだけどな。

俺の身体にすり寄ってきた黒猫のブラッキーちゃんがナーと鳴いた。おはようって言ってくれた気がしたから俺も挨拶をした。

ベッドの横にいるエヴァを見る。俺を見て楽しそうにしていた。

かわいい笑顔かも。

明るい時間に普通に接していると年相応の女の子だな。ずっとそうだといいのに。夜に会うとオバケみたいで怖いし。

「で、エヴァが手に持っているのはなんなんだ？」

「これ？　藁人形よ。ケケケケッ」

エヴァが藁で編まれた人形を俺に見せてくれた。

怖っ。マジで怖っ。

暗い瞳の素敵な笑顔で何を言っているんだこの子は。容姿が良いだけに余計に怖さがある。

「俺、藁人形なんて初めて見たよ。これって怨念を込めて釘を打ったりすると、呪われた人が痛くなるやつだろ？」

「うん。やってみていい？」

ウッキウキなエヴァ。

「いや、ダメ」

「えーっ」

「だって痛いだろ？」

「痛くしないよ。だから、ね？」

目をキラキラしてもダメ。普通にかわいいのがなんかムカつく。俺はエヴァのおでこを軽くぺちんとした。エヴァの目が×になった。

「ったく、藁人形って本当に効果があるんだな。人に使ったらダメだぞ。エヴァはシャーマンだっけ？　こういう呪いとかが得意なのか？」

「うん、そうだよ」

返事をしながらエヴァがでかい釘を取り出した。小さい木槌を持つ。

藁人形の腹に釘を当てて、木槌でコーンとやる。

「うおっ、いてえええええーーーっ」

「きゃーーーっ！　ヴィルお兄さん、素敵よ。こんなのやらしてくれる男の人は初めて」

「許可してない許可してない」

「フリだよね。エヴァちゃん分かってたよ」

だから暗い瞳の素敵な笑顔はやめて欲しい。だって、怖いから。まったくもう。

「もうおしまいな。藁人形は本当に禁止」

エヴァが藁人形から黒い髪の毛をスーッと抜いた。

とても見覚えのある髪の毛なんだが……。色といい長さといい……。

「それってまさか、俺の髪の毛か？」

エヴァはケケケケッと笑った。合わせるようにブラッキーちゃんが暗い瞳でナーと鳴いた。怖っ。

俺の髪の毛を藁人形に入れて呪っていたんだな。そして、俺を操って股割りをさせたりしていたわけだ。なんて恐ろしい女の子なんだ。

「ふあーあ、まあいいや。なんかまた眠くなってきたから二度寝するわ。一時間したら起こしてくれ」

「えっ、よくこの状況で寝れるね！」

俺は布団をかぶりなおした。

おやすみなさい。すやあ……。

「じゃあ、髪の毛をもう一本もらうね。ケケケ……ケケケケケ……ッ」

頭にプチッとする感触があった。

「ちょっ、勝手に取るなっ。俺の髪の毛を使うの一生禁止っ」

「あ、起きたー」

「起きるよ、そりゃ」

ああもう、最悪の目覚めだ。


着替えて顔を洗ってキッチンに行くとエヴァが料理を温めてくれていた。

エヴァはアーニャから、俺を起こすのと昼ご飯を出してあげるのを頼まれていたらしい。

なんか女の子たちに気を使ってもらってばかりで申し訳ないぜ。

アーニャとミューちゃんはクエストに出たそうだ。オバケ避けになる花を採取に行ったらしい。それがけっこうな仕事量らしく、ソフィアさんも一緒に行ったそうだ。

ちなみに、エヴァの住むボーンズ魔具店ではオバケ対策グッズが飛ぶように売れているんだそうだ。

国からオバケ対策をしろと街に注意喚起が出たんだよな。その影響だろうと思う。

「なあ、エヴァ。肝心のオバケのバギーって今はどうなってるんだ？　あれから何も情報が入ってこなくてさ」

たしか公務員とエヴァが協力してどうにかするみたいな話になっていた。

温めている鍋を見ていたエヴァが振り返る。

「実は国の兵士さん達とエヴァちゃんで一回バギーに戦いを挑んだんだけど」

「え、マジで。よく無事だったな」

「うん、こてんぱんに負けちゃったよ」

「あいつってたしか子供を食べるオバケだったはずだが……？」

「エヴァちゃん一四歳だから、もう子供には思われなかったみたいだよ」

オバケのバギーは子供を食べて大人を悔しがらせる存在だ。食べる対象年齢の子供がいなければやる気がでないんだろう。

椅子に座ってエヴァが料理を温める姿を眺める。

会う度に見た目の印象の違う子なんだよな。最初に会ったときは短い髪だったのに、今は床に届いてしまうくらいに長く伸びている。

「髪が伸びるのが早いと大変そうだな」

エヴァの髪が俺の声に反応してうねうね蠢いた。怖っ。

「よく言われるけど髪はエヴァちゃんの自慢よ。短くても長くてもエヴァちゃんってかわいいよね？」

エヴァが重そうな髪を持ち上げた。白い首筋が綺麗だこと。

「ああ、かわいいよ」

「嬉しい。――あ、料理できたよ。よそってあげるね」

エヴァが料理をテーブルに持ってきてくれる。良いお嫁(よめ)さんになりそうだなって思った。

「はい、まずは乙女(おとめ)の生き血のスープ」

トマトたっぷりミネストローネのことな。

「ブタの生き血を抜いた後の肉塊(にくかい)をオーブンでこんがり焼いたお料理よ」

ローストポークな。

「植物の皮を生きたまま剥(は)いだサラダ」

生レタスサラダだな。お手製のドレッシングまで出してくれた。

「あとガーリックパン」

「そこはそのままなのな」

「かわいい言い方を思いつかなくて」

「ヴァンパイアの苦手なパンとか」

「うーん、それじゃあ一〇〇点満点で三点くらいね」

厳しいな。エヴァ的なかわいい感性には響(ひび)かなかったみたいだ。

鼻孔に美味しそうな香りが漂ってくる。

早速いただくとしよう。アーニャが作ってくれてエヴァが温めてくれた料理だ。二人の女の子が俺のために用意してくれたんだし味わって食べないとな。

「うお、美味しい！」

このローストポーク、食べれば食べるほど肉の旨味が出てくるぞ。力が漲るぜ。

ミネストローネは眠気をすっきり吹き飛ばしてくれる温かさと美味しさだ。

「エヴァは料理上手だな」

「え？　作ったのはアナちゃんよ？」

「そうだけど、温めてくれてありがとな」

「どういたしまして。温めただけなのに褒めてもらえるって変な感じね」

なんて言いながら後ろ手に長い髪をつかむエヴァ。

大きなハサミでばっさり髪を切ってしまった。

俺はぽかーんとした顔をしていると思う。だって会話をしながら髪を切る人を初めて見たし。

「あ、気にしないでね？」

「気にするよっ。気にしない方がおかしいから」

だって切られた髪がさ、ショックを受けたみたいにうねうね蠢いているんだよ。いったいどういう髪なんだ。

「その髪、なんで動くんだ……？　何かに取り憑かれてるのか？」

「湿気の関係よ」

「湿気でそうはならないだろ」

少なくとも俺の髪は湿気で蠢いたりはしない。ケケケと笑ってごまかされたから余計に気になるじゃないか。本当に不思議な子だな。

エヴァは切った髪に一つも興味が無いようだ。ゴミ箱にポイッと捨てていた。

髪の毛がゴミ箱の中で蠢く。

うわーっと伸び上がってエヴァに戻ろうとしているようだ。が、力尽きてゴミ箱の底に落ちていった。

エヴァは小さな鏡を見ながらハサミで髪型をテキパキ整えた。

鏡にヒビが入っていて見えづらそうだけど、綺麗に髪を切るもんだな。

初めて会ったときのエヴァにだんだん戻っていく。いっそ前髪も短くすればいいのに。

エヴァを見ながらご飯を食べ進める。

なんかブラッキーちゃんがもしゃもしゃしているなと思ったら俺のローストポークが一

枚取られていた。この食いしん坊さんめ。

　よし、食べ終わった。今日も一日頑張るか。あるいは、ひきこもるか。ごちそうさまと言うと、エヴァと目が合った。

「あれ？　そういえばエヴァはなんで〈グラン・バハムート〉に来てるんだっけ？　俺のお世話をするため？」

「そんなわけないよ」

　真っ向から否定されるとちょっと傷つくぜ……。そんなわけないって分かっててもさ。

「エヴァちゃんが予言したこと覚えてる？」

「ああ、不吉で良くないことが起きるってやつだろ」

「もしかしたらそれを回避できるかもしれないよ」

　エヴァが虚ろな暗い瞳になった。

　そして顔を近づけてくる。怖い怖い怖い。

「ていうかあれってまだ続いてたんだな」

「うん。ヴィルお兄さんは不吉にとらわれている。だからエヴァちゃんと一緒にお仕事をして回避しようよ」

「はあ……仕事……か」

「なんでがっかりしてるの？」

「だって、ひきこもりが働きに出るって大変なことなんだぜ？」

「うわあ、エヴァちゃんより年上なのにかっこわるーい」

ブラッキーちゃんがナーと鳴いた。まるで「働けニートやろう」と言っているように聞こえた。猫なのに厳しいなあ。

エヴァと二人で〈グラン・バハムート〉を出た。

灰色の曇り空。今にも雨が降りそうだ。

俺たちはひとまずボーンズ魔具店に向かうらしい。ご近所だからすぐなんだが、その短い距離で小さい子供たちの集団に出くわした。ご近所の子供たちだな。

「あ、魔王がいるぞ！」

褐色肌の男の子に指差された。

くっ、ナチュラルに魔王呼びしやがって。俺がその呼ばれ方で今日までどれほど心を痛め続けてきたと思ってるんだ。明日からまたひきこもりたくなったらどうするんだよ。

「本当だね。魔王がいるー。こわーい」

「魔王だ。魔王だ。冴えない顔ー」

「だっさーい」

子供たちは容赦がない。男の子も女の子も笑いながら俺をバカにしてくる。

あー、子供たちが俺をバカにする声が脳内で暴れ回るー。トラウマが刺激される。本当にひきこもりたい。

「私、魔族だから崇めないと。魔王ヴィルヘルム様～」

赤い髪のポニーテールの女の子が俺を崇め始めた。両手をバンザイして真剣な眼差しを送ってくる。

魔族の一部の人って魔王信仰があるんだよな。

「って、俺は魔王じゃないからな。勇者だ。勇者」

「でも新聞に魔王様って書いてたよ？」

ダメだ。信仰が止まらない。

ん？　褐色肌の男の子がエヴァを見てギョッとしたぞ。

「って、うわ、魔王の隣にいるのはオバケ女だった」

「きゃー、こわーい」

なんかエヴァって嫌われてないか。子供たちがサーッと距離を取った。

そんな様子を見てエヴァが嬉しそうにする。人よりも長いベロを出して、手をオバケみたいにして子供たちを怖がらせた。

「悪い子は呪っちゃうよ～。ケケケケ～ッ」

ぎゃーーーー怖えーーーーとか言いながら子供たちが逃げていった。でも子供たちは笑ってたな。怖がられてるけど好かれてる感じか。

エヴァは逃げた子供たちを見て喜んでいる。子供たちのことが好きみたいだ。

あ、褐色肌の男の子だけ戻ってきて民家の壁から顔を出した。

「魔王とオバケなんてお似合いのカップルだな。バーカ！」

あのやろー。わざわざ捨て台詞を言いに来やがって。かわいくないやつだな。まったくもう。

「なんか悪いな。俺なんかと一緒に扱われちゃってさ」

エヴァを見てみたらお花が咲いたみたいに照れていた。なんでだよ。どこに照れる要素があったんだよ。

花も恥じらう乙女ってやつだろうか。どこか怖さのあるエヴァがこんな表情をするのは新鮮だ。

「カップルなんてエヴァちゃん初めて言われちゃったよ。照れちゃうね。えへへへ」

かわいいなあ、おい。ほっぺに手を当てて真っ赤になってるぞ。

エヴァがそーっと俺の腕に手を伸ばしてくる。

なんか恋人みたいにひっついてきた。

そのままエヴァに寄り添われながら歩いて行く。めちゃくちゃ歩きやすいな。たしかに俺たちってお似合いなのかもしれない。

ボーンズ魔具店へと入って行く。

カウンターの向こうにいたフランキーさんが俺たちを見て嬉しそうにした。

「お？ なんだなんだ。雨季なのにそこだけ春だな！ いいねえ、お似合いだぜ〜！」

「やだ〜。おじいちゃんったら〜！」

エヴァがますます照れている。

「なははは、エヴァちゃんがそんな顔をするなんてな。どうだい、ぼっちゃん。うちの孫娘は見ての通りかわいいし、料理が上手だし、こう見えて発育もなかなか順調なんだぜ？」

「もうや〜だ。おじいちゃん、そんなに褒めないでよ〜。ヴィルお兄さんだって困っちゃうでしょ。えへへへ」

「俺、エヴァはかなりかわいいと思うよ」

　エヴァがカーッとみるみる赤くなっていった。俺の腕をつかむ手が熱い熱い。

「も、もう、ヴィルお兄さんったら、エヴァちゃんのことを褒めるのが上手なんだから。アナちゃんのこともそうやって甘い言葉で口説いたんだよね？」

「そんなことないよ。こんなことを言うのはエヴァにだけだよ」

　ますます赤くなったエヴァ。

　俺の顔を見ていられなくなったんだろうか。顔を隠すようにして俺の背中側に回った。

　フランキーさんがニヤニヤしながらエヴァの様子を見ている。

「エヴァちゃんにもようやく春が来たみたいだな。がっはっはっは、こいつはめでたいぜ。ぼっちゃん、エヴァちゃんを末永くよろしくな！」

「おじいちゃん。もう〜、からかうのはなしだよ。本題の話をしようよ。ヴィルお兄さんに用事があるんでしょ？」

「ああ、そうだったそうだった。あまりにもエヴァちゃんがかわいいんで忘れてたよ。なっはっはっは。じゃあ、真面目な話をしようか。仕事の話だ」

　フランキーさんがニヤニヤ顔からキリッと仕事用の顔に切り替わった。

　さすが大人だ。切り替えが早い。エヴァはまだ俺の背中に隠れて照れている。

「ぼっちゃんに来てもらったのは他でもない。実は国の方から俺たちシャーマンに依頼があってな。この街全体に結界を張って欲しいらしいんだ」

「結界……ですか？」

「ああ、オバケのバギーはあまりにもやばいだろ。その対策だな」

「たしかに。何もしないわけにはいかないでしょうね」

「だろ？　なにせバギーは訓練された兵を鼻歌まじりに斬り刻めるやつだからな。強すぎるんだよ」

俺は戦ったことがあるから分かる。あいつの相手はそこらの兵じゃ絶対に無理だ。ランクで言えば最上のAを余裕で超えたSになると思う。

「仕事は分かりました。バギー対策の結界を張るのを俺が手伝えばいいんですね」

「ああ、そうだ。ぼっちゃんのバカでかい魔力が頼りだ。アテにしてるぜ」

「はい。優秀な俺に任せてください」

ドヤ顔をした。

「ちなみに、ぼっちゃんを推薦したのはリリアーナっていうべっぴんさんだ。好きにコキ使ってくださいって言われてるんだが、知り合いか？」

くっ、あのアマ……。

俺を使って自分の仕事を片付けることをどんどん覚えやがって。俺が落ち着いてひきこもれなくなるじゃないか。

「リリアーナは俺の同級生ですね。最近、コキ使われてるんです」

「あははは。いい男はモテるな。俺もな、昔はモテモテだったんだぜ」

嘘くさい。顔に嘘って書いてあるもん。

大嘘だよとエヴァが言っていた。

「ま、というわけでだ。この街のためにぜひ力を貸してくれ。よろしく頼む」

俺なんかに丁寧に頭をさげてくれた。

本当に真剣に俺を頼ってくれているのが伝わってきた。それくらいオバケのバギーがやばい存在ってことだ。俺でなければ対抗できない相手であることもきっとフランキーさんは分かっている。

こんな大ベテランの専門家に頼られたんだ。男冥利に尽きるってもんだよな。ひきこもりの俺なんかで役に立てるのなら頑張ろうって思えた。

「よし、じゃあ早速やろうか、エヴァ」

振り向いてエヴァを見てみた。

……何か様子が変だ。

天を仰いでボーッとしている。ちゃんと生きているのだろうか。

唐突にエヴァがぶるぶる震えだしたぞ。ガクンガクンガクンとなって普通じゃない動きで怖い。

「ちょ、エヴァ?」

「ヴィルルルルルルルルル。お兄さささささささささささあああああああああん」

「な、何がどうなってるんだ。頭がバグったのか?」

エヴァが頭を前後にガクンガクンし続ける。

あまりにも気持ち悪い動きだった。普通の人間は絶対にこんな動きはしない。

ブラッキーちゃんが唐突にカウンターに飛び乗った。

清めのためかそこに置いてある塩の瓶に尻尾を突っ込む。器用に尻尾で塩をすくってエヴァに向かってかけた。

するとエヴァの変な動きが止まった。いつも通りに戻ったみたいだ。

「ああー、びっくりした。さ、ヴィルお兄さん、結界を張りに行こう~」

「いやいやいや、普通に流さないでくれ。今のはなんだったたんだ?」

「たいしたことないよ~?」

「たいしたことないことないだろ?」

「だって、そこらへんにいた幽霊が私の身体を乗っ取ろうとしただけだよ?」

エヴァちゃん、そういうのよくあるんだーと怖いことを言う。

「た、大変だな……」

「大変じゃないよ？　エヴァちゃんはそういうの大好きだから。ケケケケッ」

やっぱり変わった子だ。もうちょっと怖がってあげないと幽霊が悲しむんじゃないか？

エヴァと協力して街全体に超強力な結界を張った。

我ながら立派な結界を張れたと自負している。あの結界ならオバケは大きく活動を制限されるだろう。

伝説のオバケのバギーもこれでおとなしくなるといい。

俺は〈グラン・バハムート〉に帰ってきて、ゆっくり過ごしている。

気がつけばもうだいぶ暗くなっていた。外はザーザー降りの雨だ。

俺は読んでいた小説を置いて立ち上がった。

明かりを点けて夜の準備を始める。

クエストに出ているアーニャたちが濡れて家に帰ってくるだろうか。

大きなタオルを用意しておこう。あとはお湯を沸かしておこうか。温かいお茶を飲んだらホッとするだろうし。

「……たまには俺が風呂を入れるか」

いなくて初めて分かるミューちゃんのありがたさよ。いつもミューちゃんが風呂を入れてくれるからな。魔獣なのに本当に働き者なやつだぜ。

風呂を洗って水を新しいのに入れ替えて、薪に火を点けた。

「よく考えたら、アーニャたちの帰りが夜になったらどうしよう」

薪が凄くもったいない。

「ま、そのときは俺が先に風呂に入るか」

弱火でのんびり湯を温める。俺は優秀だから火加減の調整なんて楽勝さ。

一人で紅茶を淹れて、雨の音を聞きながらじっくり飲む。

「アーニャみたいに美味しくは淹れられないな」

香りすらぜんぜん違う。

ひきこもりが淹れた紅茶なんてこんなもんだよな。あー、お腹が空いた。早くみんな帰ってこないかな。

そう思った瞬間だった。裏口の向こうに何人かの気配を感じた。みんな帰ってきたみたいだな。

勢いよくみんな家に入ってきた。

「ヴィル様、ただいま帰りましたーっ」

「ひーっ、下着までぐしょぐしょだよーっ。雨、嫌いーっ」

「ソーダネ。自分の毛が目にかかって前がぜんぜん見えないミュー」

いっきに賑やかになった。

さすがひきこもってない人たちだ。元気がありあまっている。

「おかえり。雨、すごいみたいだな」

アーニャ、ソフィアさん、ミューちゃん、みんな髪とか服とか毛から水滴がたれている。

ミューちゃんはほっそりして別の生き物に見えるな。弱そうで迫力がない。ちょっとうける見た目になっている。

注目は女性陣だ。

長い髪がほっぺに張り付いていて色っぽい。しかも、服が濡れてボディラインがはっきりと分かる。ところどころ透けているのもポイントが高い。

「素晴らしい」

つい感想が出てしまった。アーニャがきょとんとする。

「何がですか？」

タオルを渡した。ありがとうございますと受け取ってくれた。

「水も滴る良い女って言葉をよく理解できるなって思って」

「うわー、ヴィル君、絶対にエッチなことを考えてるでしょー。いやらしいんだからー」

ソフィアさんが両手を胸に当てた。

胸が大きすぎてぜんぜん隠しきれてない。さすがの大きさです。

「そんなことないですよ。はい、ソフィアさん、タオルです。いやらしいことを考えていたらこんな紳士な対応はしないでしょう？」

疑り深い視線を送られる。

「じゃあ、全身を舐め回すように見てるそのエッチな視線はなんなのかなー？　お姉さん知りたいなー？」

「それは髪からたれた水滴が流れ落ちていくのを見るのが面白いっていうだけです」

「面白い？　なんで？」

「ソフィアさんって身体に斜面が多いから凹凸を上ったり下ったり、けっこう忙しく水滴が落ちていくんですよ」

俺もなってみたいな。あの水滴に。

「つまり、ねっとりじっくり私の身体を上から下まで見てるんじゃない。もうー、ヴィル君ってば隙あらばすっごくエッチだよねっ」

「いやいや、ぜんぜん見てないですよ？　俺は街一番の紳士ですから」

「もう信頼感が手遅れレベルだよー？」

アーニャが自分の身体を見てショックを受けている。

あえて髪をしぼってみて自分の胸に水滴をたらす。しかし、残念なことに水滴はスーッとそのまま真下に落ちていった。

アーニャがもう一回水滴をたらしてみた。しかし、やっぱり水滴はスーッと真下に落ちていった。

ああ……見ていて俺も悲しくなった。アーニャと一緒にしょんぼり顔になってしまった。

「やっぱり私って女性としてはまだまだなんですね……」

アーニャの頭をぽんぽんしてあげた。

ブルウウウウウウウウウウウウン。パタパタパタ。これ、ミューちゃんが全身を震わせた音だ。毛についている水を飛ばしたんだな。

「ちょっ、ミューちゃん、そこでブルブルするなよな。そこらじゅうがびしょびしょになったじゃないかっ」

「ソ、ソーダネ。本能でやってしまった……」

「ああもう、風呂を温めてるから入ってこいよ。アーニャとソフィアさんも風邪(かぜ)をひく前にどうぞ」

あれ？　ミューちゃんもソフィアさんもアーニャも信じられないことを聞いたみたいな顔をしているぞ。

みんな俺を見てぽかーんと口を開けている。

「ヴィ、ヴィル君が……？」

「お、お風呂を入れてくれたんですか？」

「ソ、ソーダネ！」

「そうだけど。なんか変だったか……？」

二人と一匹(いっぴき)が同じタイミングで頷(うなず)いた。ショックだ。

「どうしたのヴィル君。家事を手伝うところなんて初めて見たよっ」

「ソーダネ！　明日は絶対に雨だミュー。あ、いま降ってる雨はそのせいミューね！」

「いや、雨は関係ないだろ」

自分でも珍(めずら)しいと思うけどさ。

「ヴィル様、今日はエヴァちゃんと結界のお仕事がありましたのに家事までして頂けるなんて。私、感動していますっ。さすがはヴィル様ですっ。尊敬の念を禁じ得ませんっ」

アーニャがキラキラ尊敬モードな眼差しをくれる。

かわいい女の子に尊敬されるのは素直に嬉しい。気まぐれで風呂を入れて良かったよ。

「よーし、アーニャちゃん、ヴィル君の好意に甘えて一緒にお風呂に入ろうよっ」

「はいっ。でもうちの狭いお風呂だとミューちゃんは一緒に入れません」

ここの風呂はあんまり広くないからな。二人と一匹で一緒に湯船にはつかれないだろう。

「それならミューちゃんは俺が温めてやるよ」

優秀な俺ならミューちゃん一匹を温めるくらいお茶の子さいさいだぜ。

「まあ本人がイヤじゃないならだけど」

すっげーイヤそうな視線を送ってきやがるぜ。

「ミューちゃん良かったですね！　ヴィル様に温めて頂けるなんて羨ましいですっ」

「ソーダネ！」

その返事でいいのか？

どうやら上手く喋れなかったらしい。ミューちゃんが愕然としている。落ち込む魔獣ってなんか面白いな。人間味が凄くある。

ソフィアさんがスカートをぎゅっと絞ってから風呂に向かった。アーニャがそれを真似してからソフィアさんをとことこ追いかけていく。

ソフィアさんだけ戻ってきたぞ。

「あ、ヴィル君、覗（のぞ）いちゃダメだからね」

「分かってます。フリですよね」

「違う違うっ。分かっててからかってるでしょ?」

もうーいじわるなんだからーと言いながらソフィアさんは今度こそ風呂へと向かった。

ミューちゃんと俺の二人だけになった。目が合った。ミューちゃんが「はあ……」と暗い声を出した。

「お嬢（じょう）とソフィアに挟（はさ）まれてお風呂に入りたかった……」

「それな」

俺だってそうだよ。

「ニートやろうにお世話をされるのか……」

「不満だったか?」

「タオルで拭（ふ）くくらい自分でできるミュー」

いや、ミューちゃんの身体の構造だと背中に手が届かないような気がする。

「優秀な俺が温めてやるって言ったんだ。タオルなんて単純な方法は使わないぜ?」

ミューちゃんがわけ分からなそうに「ミュ？」と身体を傾けた。

俺の手の平から温風が吹き出ている。

これ、俺の創作魔法だ。髪とか身体とかを乾かすのにちょうど良い温風を発生させることができる。優秀な俺らしい実用性に富んだ魔法だと自負している。

地味な魔法すぎて学会とか論文では発表してないけどな。

「あ〜〜〜、気持ちいい風ミュ〜〜〜。ニートやろうにしては便利な魔法を覚えてるミュ〜ね〜〜〜」

ミューちゃんは満足している様子だ。気持ち良さそうに俺の温風を受けている。

「なあニートやろう」

「どうしたミューちゃん」

「本当は覗きたいミュー？」

「バカ言ってんな」

「想像してみるミュー。いまお風呂では裸のお嬢とソフィアが、お互いの肌と肌を重ね合わせて身体を綺麗にし合っているミュー。きゃっきゃうふふだミュー。いいと思わないのかミュー？」

妄想してみる。

アーニャの身体を洗ってあげるソフィアさん。

アーニャちゃん、おっぱいがだいぶ膨らんできたねーっ、と褒めたりする。アーニャは少し照れながらもまんざらでもない様子になる。

でも、とアーニャの顔が曇る。早くソフィアさんくらいになりたいんですと言いながら、大きすぎるおっぱいに手を這わせてもみもみ、もみもみ。

ソフィアさんは恥ずかしそうに身をよじらせて――。

「って、なにアホな妄想をさせるんだよっ。バカみたいじゃないかーーーっ」

「ソーダネ！　って、ツッコミまでにだいぶ時間がかかったミュー！　願望に正直すぎる男だミュー！」

「それ勘違いな。俺は紳士だからそういういけない妄想で楽しんだりはしないんだよ。ほれほれ、後ろ向け」

ミューちゃんが素直に後ろを向いた。

後ろから見るミューちゃんは全身白い毛だらけ。ぜんぶ温めてやるのは骨が折れそうだ。

「あ〜〜〜、気持ちいいミュ〜〜〜」

まあ喜んでもらえてるしいいか。

脇の下とか長い耳の裏も含めて丁寧に温めてあげた。

それが終わったら、ミューちゃんは紅茶を飲んで身体の内を温めてから晩ご飯の下ごしらえに入った。本当によく働く魔獣だこと。

暇になったから俺は読みかけの小説を開いた。

その小説の中にランプが出てきたことで、そういえばランプをまだ灯していなかったと気がついた。

俺は裏口のドアを開けてランプに火を灯しておいた。

結界のおかげでオバケは出ないはずだが、念には念を入れておかないとな。

戻ったらアーニャの声が風呂の方から聞こえてきた。

「ヴィル様ー、ミューちゃーん、着替えを忘れてきてしまってー」

「手が濡れてるミュー。ニートやろうにお願いするミュー」

「俺、アーニャの服がどこにあるのか知らないぞ？」

二階のアーニャの部屋のタンスにあるらしい。

階段を上る途中でふと気がついた。ソフィアさんの服はどうするのか聞いてみたら、アーニャのママの服を持ってきて欲しいと言われた。

俺が寝泊まりしている部屋がアーニャのママの部屋でクローゼットにはまだ服が残って

いるらしい。

知らなかった。俺、クローゼットは使ってないからな。

まず、アーニャの部屋に入った。白くてかわいらしいタンスがある。

よくアーニャが着ている服を見かけたのでそれを選んだ。

パンツは……ううむ……悩ましいところだけど一番上にあるものを選んだ。アーニャには純白が似合うしな。

続いてソフィアさんの服だ。俺の部屋でクローゼットを開けたら女性ものの服がたくさんあった。黄色のシャツに白のロングスカートを選んでみた。生地的にこれなら寒くも暑くもなさそうだ。

階段を下りて風呂場へと行く。

ドアに隠れてアーニャが肩から上だけ見せてくれた。その向こう側は裸だと思うとちょっとドキドキしてしまう。

「ヴィル様、ありがとうございます」

「いや、こちらこそありがとうございます」

「何がですか?」

「なんとなく」

肩から上だけとはいえ風呂あがりの裸は刺激的だ。

持ってきた服を手渡した。何も配慮してなかったが、一番上に置いていたのはアーニャの純白のパンツだった。アーニャが照れた。

「ヴィル様はこのパンツがお好みなんですか？」

すっごく恥ずかしそうに聞いてくる。

「ああ、そうだな」

真顔で正直に答えてあげた。アーニャはさらに恥ずかしそうにしていた。

奥でソフィアさんも聞いていたようだ。

「私もアーニャちゃんには純白のパンツを穿いて欲しいかも。似合うし」

アーニャはもっともっと恥ずかしそうにしていた。

「あれ？　ヴィル君、私のパンツはー？」

「え、いるんですか？」

「当たり前でしょ」

「え、本当にいるんですか？」

「いるいる。穿かないとスースーしちゃうし」

「ていうか、いつも穿いてたんですか？」

「パンツを穿かないで生活をした日はないよ?」

「イメージ崩壊が激しい」

「今までどういうイメージでいたのかな?」

「まあそれはともかく、ソフィアさんはアーニャのママのパンツを穿くんですか?」

「うーん、そっかー。人のパンツを穿くわけにはいかないよね。まあいいや。今日はこのまま服を着ようっと」

　二人が服を着て風呂場から出てきた。

　ついつい、ソフィアさんを見てしまう。

「ヴィル君なら絶対に見ると思ったよっ」

「……。……。……」

「なんで黙ってるの?　まさか透けてる?」

「いえ、凄く似合っていて綺麗だなって思いました。その服、似合ってますよ」

「エッチな目で見てると思ったのに。なんだか裏切られた気分、がっかりーっ」

　だって新鮮だったから。

　普段と違ってお肌を出さないファッションのソフィアさんは、めちゃくちゃ清楚で綺麗なお姉さんになっていた。こういうのをギャップ萌えって言うんだろうか。

アーニャがソフィアさんに抱きついた。

「え、どうしたのアーニャちゃん？」

「お母さんってこういう感じかなって思いまして」

「あー、お母さんの服だもんね。でもね、アーニャちゃん、アンジェリーナさんは私よりもすっごく綺麗だったよ。だから雰囲気は違ってるかも――」

「お母さんっ」

ソフィアさんを見て甘えるように言った。

「えっ、ええーと、どう返したらいいんだろう」

「お母さん、お母さん、お母さん」

アーニャがますますソフィアさんにぎゅーっとハグをする。

「ま、まあいいか。アーニャちゃんが喜んでくれてるし」

「お母さんの香りがします。ずっとこうしていたいですっ」

「かわいいなーもうー」

私、将来はアーニャちゃんみたいな娘が欲しいなとソフィアさんは言っていた。俺だって欲しいぜ。

俺が風呂からあがったら、何やら甘くて美味しそうな砂糖の香りが漂ってきた。砂糖を使った料理でもしているのだろうか。

「ヴィルくーん、あれー、もう寝ちゃったー？　起きるの遅いのによくすぐ寝られるなあ」

「いますよ、ソフィアさん。俺、まだ寝てないです」

「あ、いた。ねえ、味見してみてよ。これ、お店で出せそうかな」

白い皿に茶色くて丸いキャンディがたくさん載せられていた。手作りだそうだ。砂糖の香りはこのキャンディみたいだな。

「凄いですね。キャンディってどうやって作ったんですか？」

「え？　キャンディって砂糖と水で簡単に作れるんだよ？」

知らなかったぜ。

これ、数日後のレイニーホリデイで売るんだそうだ。

そういえばクララと出店で対決するんだったな。キャンディショップをやるんだった。

アーニャはもう食べているんだろう。口の中でキャンディを美味しそうに転がしている。

俺も一つ口に入れてみた。子供の頃に好きだった甘い味を思い出した。

舌に溶けてくるぜ。これは何個でも食べることができそうだ。

「美味しいですよ。子供は絶対に好きだと思います」

アーニャがひょいと手を伸ばしてキャンディを取った。ポイッと口に入れる。アーニャは子供だし好きな味だったんだろう。

俺とソフィアさんにほほえましい視線を向けられてアーニャは照れていた。

「ただ、一種類だけだと売りづらいので、他の味もあると良いと思いますよ」

「それは明日やってみるよ。アーニャちゃん、一緒にお買い物に行こうね」

はい、とアーニャ。

「ヴィル様、私たちはクララちゃんのお菓子屋さんに勝てるでしょうか」

「この味なら元気に明るく売りさえすれば絶対に勝てるよ」

「はいっ、頑張りますっ！」

アーニャはまたキャンディの味見をしていた。子供の味覚でそれだけ好きになれるのなら人気が出るだろうな。

俺は窓の向こうを見た。

あとは無事にイベントを開催できるかどうかだな。

レイニーホリデイは子供たちのための休日だ。子供たちが泣くようなことにならないといいが……。

結界はちゃんと作動している。問題はバギーをちゃんと抑え込めるかどうかだ。

「うわーっ。なになにっ。ゴミ箱の中でなんか動いたよっ」

ソフィアさんが何かに驚いている。ゴミ箱？

「きゃーっ、なんですか。凄く気持ち悪いです。何がいるんですかっ。ソフィアさん見てみてくださいっ」

「え、私ーっ。ヴィル君ーっ。見てくれないー？」

本当だ。何か蠢いている。でも、やばい気配は無いな。

俺が屈み込むと隣にミューちゃんも来た。ミューちゃんがもふもふな手でゴミ箱で蠢いている何かをつかんだ。

「……髪の毛だミュー？」

「黒い髪の毛？　あ、それ、エヴァの髪の毛だ。昼に切ってたの忘れてた」

「なんだエヴァちゃんの髪の毛かー」

「驚きましたよ。もー」

「ソーダネ！」

みんな一瞬で興味を無くしたようだ。

あれ？　切った髪の毛がなんで動くのかは誰も気にならない感じ？　俺、すげー気になるんだけど。

第7章★★★ひきこもりは子供のように祭日を堪能する

朝八時にパッと目が覚めた。

今日は雨季の祭日、レイニーホリデイだ。

巨大な空クジラがこの街にのんびり飛んでくる日でもある。

その空クジラが街の上空にある雨雲を食べるんだよな。だから確実に雨が降らない。イベントには持ってこいの日になるってわけだ。

朝の支度を終えて一階へと下りていく。

今日は思う存分に楽しむぜ！

って、うわ、びっくりした！

〈グラン・バハムート〉になぜかパンダがいる！

「な、なんでここにパンダがいるんだ。納品されたんだろうか……」

パンダがこっちを向いた。

「うわ、珍しい。ニートやろうでも祭りの日だけは自分で早く起きれるミューね！」

パンダが喋ったーっ！

「……ん？　あははは、分かった。パンダの正体はミューちゃんだったのか！」

ミューちゃんが凄く恥ずかしそうにした。

ミューちゃんは目の周りとか胸とか手とか足とかを黒いインクで塗られている。色合い的に本物のパンダにしか見えない。

「いったい誰にやられたんだ？」

「お嬢にやられた……。毎年、この日だけは全力全開で張り切るんだミュー」

「へえ、普段は大人しいのに意外だな。祭りのパワーって凄いんだな」

レイニーホリデイは雨季に外で遊ぶのを我慢していた子供たちのためのイベントだ。

子供はお菓子をちょうだいと言いまくり、それに応えなかった大人にはインクを好き放題に塗っていいってルールがある。

俺も小さい頃は大人に好き放題に塗りまくったもんだ。

「あ、ヴィル様〜っ！」

アーニャの声がいつもよりも明るい。表情も晴れやかだった。

「おはよう、アーニャ！」

「お菓子をくださいっ」

「あはは、持ってないよ」

「では、覚悟してくださいねっ！」

「ああ、甘んじて受け入れるぜっ！」

俺は両手を広げた。そして、されるがままになる。

おお、おおお、おおおお、筆がくすぐったい。まったく容赦がないな。

顔も服も好き放題にインクだらけだ。これはひどい見た目になっているだろう。

「ヴィル様、すごく変ですよっ！」

「それは困ったなあ。あはははっ！」

アーニャはくすくす笑いながら俺の背中に回って塗り放題。

容赦がないな。だけどそれで良いと思う。そういう日だからな。

「おっはよーっ。ヴィル君、起きてるー？　起きてるわけないかーっ」

ソフィアさんが家の裏口に来たようだ。残念ながら俺は起きてますよ。ソフィアさんが俺を見つけて凄くぎょっとする。

「うっわーっ、珍しい、ヴィル君が朝から起きてるっ。今日はいったいどうしたの？」

「祭りの日だからか起きちゃいました」

「うわー、子供だーっ。ていうかもうインクだらけだ。完全に手遅れだねっ」

「俺、どうなってるんですか？」

「ん～？　カラフルなシマウマかなっ」

「意外にもかわいい系だったんですね」

「あれ？　気に入っちゃった？　私、お父さんがもう着ないっていうシャツを持ってきたんだけど、もういらない？　終わったら捨てていいって言ってたんだけど」

「いえ、ありがとうございます。後で着させてもらいます。ソフィアさんはいつもの格好でいいんですか？」

「うん、私はお菓子をいっぱい用意しておいたからねっ」

ソフィアさんが嬉しそうにお菓子袋を見せてくれた。

その中にたくさんのお菓子が詰まっているんだろう。袋がカラフルな色合いでお祭りにぴったりだ。

「ソフィアさーん」

アーニャがぴょんぴょん心を躍らせて近づいていく。

「アーニャちゃーん、お姉さんがお菓子をあげるよっ」

「あ、お菓子は後でもらいますねっ」

「へ？」

「その前に――」

アーニャが筆にインクをつけてソフィアさんのほっぺに落書きをした。

ソフィアさんが片目(かため)を瞑(つぶ)ってくすぐったそうにする。

あれは猫(ねこ)の髭(ひげ)を描(えが)いてるんだな。超(ちょう)かわいいと思います！

「うひゃんっ、くすぐったいよ。って、あれー、アーニャちゃーん？　私、ちゃんとお菓子を持ってきてるんだけど～？」

「お菓子は後でもらいますって。うふふふっ！　ソフィアさんかわいいです」

「そういうのありなの？　うひゃひゃっ、あははははは、あ、ちょ、身体もやるのっ」

アーニャは容赦なかった。

ソフィアさんの胸とかお腹とか太ももにも遠慮(えんりょ)無くインクを塗りたくっていく。

どんどん虎柄(とらがら)っぽい感じになっていくぞ。

ソフィアさんはひたすらくすぐったいみたいで、ずっとくねくねくねくねしていた。なんだか楽しそうだ。

これぞ祭りの日だな。俺も今日は存分に楽しむぜ！

◇

出店の準備に〈グラン・バハムート〉の全員で向かった。場所は街の中央広場だ。

ライバルの〈コズミック・ファルコン〉はもう店の準備を始めているようだ。

「おーっほっほっほっほっほっほ。逃げずに来ましたわね、アナスタシア！　今日の販売勝負、完膚なきまでに圧勝させて頂きますわよ！」

「クララちゃん、おはようーっ」

「ちょ、ちょーっ、ちょーっ、ちょーっ！」

「ん～？　どうしたの～？」

「私は子供ですわよっ」

「うん、知ってるよ～？」

「ではなぜ、お日様みたいな笑顔で私にインクを塗りたくろうとしてるんですの！　その笑顔が怖いですわ。ソフィアさん、ソフィアさーん、見てないで助けてくださいませーっ」

「ごめんね、クララちゃん」

「薄情ですわ。アーーーーーッ」

アーニャが遠慮無くクララのほっぺにいたずら描きをした。

クララはイヤそうだが受けいれてはいる。本当にすごくイヤそうだけどな。

ピンク色のハートマークがクララにたくさん描かれていく。あれはアーニャからクララへの愛情表現だろうな。アーニャは楽しくてたまらないみたいだ。ニコニコしている。

「なあ、ニートやろう。店が質素に感じないかミュー？」

ハッピを着て帽子をかぶったお祭り仕様のミューちゃんが、何やら悩んでいる。

ミューちゃんはテーブルを組み立ててくれたんだが、たしかにそれだけだと寂しい。

ライバル店の〈コズミック・ファルコン〉は花やぬいぐるみが飾ってあるもんな。加えてチョコにクッキーにキャラメルに焼き菓子に、他にも盛りだくさんの品揃えだ。見ているだけで楽しくなれる豪華さがあった。

それに比べたら〈グラン・バハムート〉は質素なんてものじゃないな。味気ないテーブルの上にキャンディをたくさん入れた箱があるだけだから。

「ミューちゃんの言う通りだな。風船でも買ってくるか？」

「え、お金が必要な提案をするなんてびっくり。買うお金はあるのかミュー？」

「フッ、春のときの俺とは違うんだよ」

「おかしい。ニートやろうが頼もしく見えるミュー」

今回は家を出るときにちゃんと財布を持ってきている。風船を買うくらいわけないぜ。

というわけで近所の雑貨屋で風船を買ってきた。

ミューちゃんと一緒にフーフーしまくって膨らませまくる。酸欠になりそうだぜ。

その風船を紐でくくりつけて机の脚にたくさんひっかけて浮かべた。

「おおっ。お祭りの雰囲気が出たミュー！」

「やったな、ミューちゃん！」

いえーい、と二人でハイタッチした。

タイミングよく空クジラがブオオオオオと声をあげた。

俺とミューちゃんが同時に見上げた。街の上空に超巨大なクジラがいる。のんびり浮遊するやつだから街を抜けるのに明日までかかるんだよな。

俺からしたらちょっとうらやましい存在ではある。なにせ一生のんびり空を浮遊して、食っちゃ寝生活をしているだけのやつだからな。俺もぐうたら生きたいぜ。

着々と準備を進めていく。

〈グラン・バハムート〉は、キャンディショップだ。

味はオレンジやイチゴ、ピーチにベリーにとたくさんある。紙袋にすくい取りもできるから子供たちは楽しく買い物ができるんじゃないだろうか。

一〇時半になって号砲の花火があがった。

街全体に届くだろう大きな音だ。これが祭り開始の合図になる。

「クララちゃん、負けないよ～」

「絶対に負けませんわよ。アナスタシア！」

二人で両手のグーをぶつけ合った。

さあ、〈グラン・バハムート〉と〈コズミック・ファルコン〉、完売勝負の始まりだな。

ライバル対決はどっちに軍配があがるだろうか。


お昼を過ぎた。

お菓子はどちらも順調に売れている。でもどちらかといえば〈グラン・バハムート〉がちょっと負けているかな。頑張れアーニャ。

俺はというと、ご近所の子供たちにからまれていた。

というかシャツにインクを塗りまくられた。まあ、そういう日だから仕方がない。

「やったー！　魔王を倒したぞー！」

「「「わーい！」」」

わーいじゃねーよ。みんな容赦ないな。

ソフィアさんからシャツをもらっておいて良かった。これは今日が終わったらそのまま捨てさせてもらおう。

「みんな暇ならアーニャの店を手伝ってあげてくれよ」

「本当だ。アーニャが負けてる。いくぞー！」

「「「おー！」」」

元気な子たちだな。全員の名前をいちおう聞いたんだよな。一番年上の男の子がダニエルなのは覚えた。あとは、えーと……、魔族の女の子がスカーレットで……。

「あら、ヴィルヘルム君、こんなところで奇遇ですね」

振り返ってみたらリリアーナがいた。目を星のように煌めかせて手には筆、腰にはインクの入った瓶。完全装備じゃないか。

なんとなくだけど、俺は襲われる気がする。

「本当に奇遇なのか？」

「筋肉を触らせてくれますか？　それともいたずらをされますか？」

リリアーナが興奮している。

筋肉を触る気まんまんじゃないか。

「ちょっ、リリアーナはもう子供じゃないだろ？」

「筋肉を前にすると私は童心に返るんです」

「どんな言い訳だよ」

「ハアハアハア。もう我慢できませんっ。あなたの筋肉は筆で塗るとどういう反応を見せてくれるのでしょうか。私、とっても興味があります。さあ、塗りますよっ」

「あーーーれーーーーっ」

ああああっ。顔とか塗られたし、シャツのボタンを外されて筋肉もインクまみれにされた。

むかついたから筆を奪（うば）ってやった。

満足そうにしているリリアーナが青ざめた。

「ちょちょちょちょちょ、何を考えているんですかっ。私、ヴィルヘルム君と違ってお仕事中ですよっ」

「俺、リリアーナを見ると童心に返るんだ」

「どんな言い訳ですかっ」

「ハアハアハア、もう我慢できなーい！」

棒読みで言ってやった。

「ちょーーっとーー？　早く大人になってください。あなたの同級生はもうみんなとっくに大人になっているんですよっ。って、本当にやるんですかっ。あーーーれーーーーっ。ていうかこれ完全にセクハラですよ」

「よいではないか～」

「ぜんぜんよくないですっ」

容赦なく塗りたくってやった。

ふははははは、顔も制服もインクだらけだぜ。その格好で仕事に戻るといい～。

真面目なやつがインクまみれって、ちょっとうける見た目になるもんだな。

「あーあ……、もう、しょうがない人ですね」

「それはこっちのセリフだぞ？」

「働いている人といない人とでは言葉の重みが違うんですよ？」

ぐさっ。俺の心にクリティカルヒットだ。ええ、まったくその通りですよ。

「こんなことをさせてくれる心優しい女性は私くらいですからね。ちゃんと感謝してください よ？」

「そうだな。してるしてる」

また棒読みで言ってやった。

「では、お礼に筋肉を触らせてくださいっ」

「なぜそうなるんだっ。ていうか、そろそろ仕事に戻れよな」

「えーっ」

えーっじゃない、えーっじゃ。

「私と仕事、どっちが大事なんですか？」

「仕事仕事」

「じゃあ、ヴィルヘルム君も働きましょうよ！」

「それは勘弁（かんべん）」

まったくもう、と言いながらリリアーナはハンカチで顔を拭（ふ）いた。

ぜんぜんインクがとれていない。顔を洗わないとダメだろうな。

「あ、そうそう。ヴィルヘルム君って、今日の一四時頃は暇ですよね」

「超忙（いそが）しいが？」

「では教会に来てください。待ってますからね」

「え？　あれ？　俺の忙しい発言はスルー？」

リリアーナはにっこりしてそのまま城の方に戻って行った。

完全にスルーされた。今日はずっと遊ぶので忙しいのに。まったくもう。

◇

リリアーナが指定した時刻に合わせて俺は教会へと向かった。はてさて、ひきこもりの俺に何の用事があるのやら。

教会の礼拝堂でリリアーナは待っていた。そこから奥の会議室へと案内される。

なにか面倒な話になりそうだ。

少なくともリリアーナの顔はお祭り気分じゃない。俺が塗りたくったはずのインクはもう綺麗に落とされている。

会議室に入ると、そこには知っている顔がいた。父だ。

「この私を待たせるとはいい度胸だな。ヴィルなんとか君？」

「ヴィルヘルムです。あと、時刻通りですよ。俺に何かご用ですか？」

「大事な仕事の話がある」

「ひきこもりの俺に仕事……ですか？」

「ああ。だが、その前に貴様に一つ言っておくことがある」

父がまるで積年の恨みがあるような視線を向けてきた。

「さあ、大人しくワインを返しなさい！」

「え、ワイン？　ああ、このあいだの。俺が預かったやつですね。まだ根に持っているんですか？」

「あったりまえだ。このボケナスが〜っ！」

「おあーっ！」

父の、跳躍してからの頭突き攻撃がいきなりきた。

予想外過ぎてうっかり当たるところだったぜ。あっぶねー。

「ここのところオバケ関連の仕事で私は超忙しかったのだ！」

「でしょうね！」

「その疲れをあのワインで癒そうと思っていたのに貴様はっ、貴様は〜〜〜っ！」

「え、だってあれ、親子の大事な絆みたいなワインだったじゃないですかっ！」

俺が生まれた年のワインだもんな。

「だからこそ貴様のいないところでこっそり飲んで悦にひたりたかったのだあああ！」

涙目になっている。どんだけ悔しいんだよ。

おっと？　俺たちの間に割って入った女性がいるぞ。

白い豪華な修道服に身を包んだ女性だ。髪は長くて色はオレンジ。パッと見は清楚な人に見えるな。

「はい、親子喧嘩はそこまでです。ロバートさん、ヴィルヘルムさん、いいですね？」

ぶるぶるぶるぶる。俺の足下から脳みそまでがいっきに寒気で震えた。

え、今の何。なんで優しい感じの声だったんだ。

「くっ、邪魔をするな。エーデルワイスよっ」

「邪魔をするに決まっています。親子喧嘩なんてこの聖女が許しませんよ。ぷんぷんです」

え、ぷんぷんってなに。キャラ崩壊し過ぎていて、また寒気で震えてしまった。

「さあ、二人で神に祈りを捧げてください。ちゃんと仲直りして愛に溢れた親子に戻りますと。聖女の私も一緒に祈りますから。ね？」

また俺の全身が寒気で震えた。

俺はその聖女の顔を見た。優しいお姉さんな見た目だ。俺の記憶と印象がぜんぜん違うけど、間違い無く子供の頃から知っている女性だ。

彼女の名前はエーデルワイス・セレーナ・キャラメリゼ。年は俺より一つ上だ。

「エーデル姉、だよな？」

小さい頃からよく遊んでいる仲だ。俺はずっとエーデル姉と呼んでいる。

そのエーデル姉が優しくほほえみを見せてくれた。

「はい。そうですよ。ひさしぶりですね、ヴィルヘルムさん。あなたと再会できてとても嬉しいですよ」

また全身に寒気が走った。こんなのエーデル姉じゃない。

「喋り方とかどうしちゃったんだ？　雰囲気からして昔とぜんぜん違うんだが？」

「いえいえ、私は昔からこうですよ？　そうでしょう。ね？」

「いやいや、全然違うぞ？」

「そうなのですか？　では、ヴィルヘルムさんは私のことをどうお思いだったのですか？」

「ガキ大将」

「そ、そんなわけはありません。私は白いワンピースを着て木陰に座り、大型犬を優しく撫でながら本を読むような大人しい少女だったではないですか？　ですよね？」

ブフーッと父が吹いた。

ジロリとエーデル姉が父を見た。お、それそれ、ちょっと記憶のエーデル姉に近づいた。

「ちょっと、ロバートさん？　今のは吹くところでしたか？」

「すまん、あまりにも演技くさかったから」

「演技って。これが私の素です。私は街で一番の上品で慈愛に満ちた女性でしょう？」

ブフーッとまた父が吹いた。

「え、誰が上品なのだ？」

「私ですよ。私」

「エーデルワイスの父はいつも嘆いていたぞ？　学園のガラスを全部割るような女の子は世界広しと言えど、うちの娘だけだとな」

あったなあ、そんなこと。あれは大騒ぎだった。修理費用が凄かっただろうなあ。

そういうのを、なんか面白そうだからでやるのがエーデル姉だった。

「エーデル姉、そろそろ素に戻ろうぜ？　今のエーデル姉はなんか変だ」

「そうだそうだ。今さら素を隠しても遅いのだ。素直な自分を見せなさい。さあ、さあ！」

あ、エーデル姉が外面を捨てた。

「ちょっと、親子二人でなんですかっ。いいでしょ別に。私がみんなの憧れる清楚で心優しい聖女を演じたってさ」

ああこれこれ、こういう感じ。

正直まだ猫をかぶってるけど、これくらいの方がエーデル姉っぽい。

「俺は素のエーデル姉の方が好きだな」

エーデル姉がリリアーナを見た。

俺たち親子以外の目があるのを気にしているんだろう。

リリアーナが急に話を振られて驚いている。

「私のことは気にしなくて大丈夫ですよ。エーデルさんの性格を知っていますし。素のエーデルさんの方が私は接しやすいです」

「リリアーナさんまでそんなことを言うんですかっ。で、でもね、ここに一人だけ、とても心が綺麗で私の聖女キャラを信じている女の子がいるんです。夢を見させてあげた方がいいとは思わないですか？」

あーあ、キャラって言っちゃったよ。

その一人ってエヴァのことだ。すごく申し訳なさそうにしているぞ。

「エヴァちゃんはね、聖女様の性格が違うって知ってるよ？　わりと有名な話だからね。聖女様に夢を見ているのはちっちゃい子供たちくらいよ」

「ガーーーーーン」

めちゃくちゃショックを受けている。

「ちぇっ、なんだよ。気を使って損した。じゃあもういいや。いつもどおりにいこうぜ。聖女キャラなんて演じるんじゃなかった」

エーデル姉が椅子（いす）に姿勢悪く座り直した。

しかも、大胆（だいたん）に脚を組んだ。

清らかな修道服のスカートが乱れてしまったぞ。でもそういうのをあんまり気にする人じゃないんだよな。これでこそエーデル姉だ。

「というか、本当にひさしぶりだな。ちゃんと元気だったか、ヴィル？」

俺の呼び方が昔と同じになった。

「ぜんぜん元気ないよ。だからもう帰ってひきこもってもいいか？」

「ダメだ。働け」

「エーデル姉は厳しいなあ」

「エーデルワイスの言う通りだぞ。しっかり働け、ヴィルなんとか君」

「ちゃんと働きましょうよ、ヴィルヘルム君」

「働いた方がかっこいいよ、ヴィルお兄さん」

ブラッキーちゃんが働けと言わんばかりにナーと鳴いた。

「まさかの総攻撃っ。みんな容赦ないっ。ここ、超アウェイじゃないかっ」

マジでひきこもりたい。俺の雑魚すぎるメンタルにはきつすぎる環境だ。

「俺、早く帰りたいんで本題に入りましょう。ひきこもりの俺をわざわざ召喚した理由は何ですか？」

「貴様を呼び出したのは他でもない」

返事をくれたのは父だった。

俺も言ってみたいな「呼び出したのは他でもない」って。偉い人感があってかっこいい。

「オバケのバギーを我々でどうにかしようという話になったのだ」

まあ、そういう話になるだろうなとは思ったよ。

　ここにはオバケの専門家のエヴァがいて、バギーを封印していた剣を管理する聖女までいて、公務員のトップで兵をとりまとめている父だっているんだ。このメンバーで他にやることなんてないよな。

「つまり、俺とエヴァの結界は効果が無かったわけですね」

　エヴァがしょんぼりした。ただでさえ人よりも暗い目がさらにどんよりする。

「相手が悪かったようだな。夜になるとバギーが活動すると報告があった。大人をからっては楽しんでいるらしい。喧嘩になって大怪我を負った者までいるそうだ」

「怪我で済んでいるうちはまだいいんですけどね……」

「その通りだ。バギーは子供をあの世に連れ去り食べてしまうオバケだ。この件の一番怖いところはそこにある。……リリアーナ、公務員が保管している古い資料の調査報告をしてくれ」

「はい、三〇〇年前の資料を調査しました。その資料によると、バギーは空クジラが来た夜に子供を一〇〇人以上も連れ去ったという記録がありました。ですので今夜、また同じ悲劇が起きてしまう可能性は高いと思われます。空クジラが街に来ていますからね」

　エーデル姉が頷いた。

「私もな、修道女たちに教会の古い資料を調べてもらったんだ。そうしたら、リリアーナの話とまったく同じ記述を見つけたんだ。今夜、絶対にやばいと思うぜ」

ブラッキーちゃんが「その通り」とでも言っているようにナーと鳴いた。

エヴァがブラッキーちゃんを一回撫でた。

「ヴィルお兄さん、空クジラが来る時期ってね、あの世とこの世が最も近づく時期なの。オバケも幽霊も魂も、あの世に行くにはこの時期が一番都合がいいんだよ。バギーだってそれは同じ。だからバギーが子供を連れ去るのなら今夜の可能性は高いよ」

エヴァは予見していた。俺に不吉で良くないことが起きると。オバケのバギーがきっと俺の身近な子供を連れ去ってしまう。怖いなんてものじゃない。

この状況で俺が何もしないわけにはいかないな。

「状況を理解できました。子供たちをバギーに渡すわけにはいきませんね。俺たちの力で必ずなんとかしましょう」

アーニャだけじゃない。クララもそうだ。それに、ここのところ縁のあるご近所のダニエルたちだって心配だ。バギーなんかに誰一人だって奪われたくない。

「でも、あの強いバギーにどうやって対策するんですか？　まさかこのメンバーで喧嘩を売って力ずくでぶっ倒すっていう単純な作戦じゃないですよね？」

エーデル姉が一本の大きな剣を取った。それをテーブルの上に置く。

かなり古びていて錆びだらけ。刀身には魔法の紋様が刻み込まれているが消えかかっている。

「これはバギーを封印していた剣だ。力が弱まっているとはいえ、そこらの剣に比べたらはるかに強い力があるんだ。現代でこれに変わる剣はそう簡単には見つからないだろうな」

「つまり、これを使ってバギーを再封印すると？」

「さすがヴィル。理解が早いな」

「俺は優秀ですからね」

その再封印の術は、全ての浄化魔法を習得しているエーデル姉が使うそうだ。他のメンバーは全力でそのサポートをする。それが作戦だ。

「でも、肝心のバギーの居場所が分からないですよね。まさか夜まで待つんですか？」

ブラッキーちゃんがナーと鳴いた。

「ブラッキーちゃんが任せてって言ってるよ。ブラッキーちゃんはね、オバケを見つけるのが凄く得意なの」

ブラッキーちゃんがドヤ顔になった。かわいい。

父が立ち上がった。つられて他のメンバーも立ち上がった。

「善は急げだ。これから行こう。我々で必ずバギーを再封印する。必ずだ」

みんなで教会を出た。

ブラッキーちゃんを先頭に堂々と歩いて行く。

そういえば、と思い出したことがあった。

「エーデル姉、喉の調子はよくなったのか？　アーニャが喉薬を届けたよな？」

「はい、おかげさまでとても助かりましたよ。さすがは優秀なヴィルヘルムさんですね」

「なんで口調を戻したんだ……」

ぶるぶると寒気がしてしまった。

「だって外ですからね。私の聖女キャラを信じ切っている敬虔なる信徒がたくさんいますから」

外面モードに戻すらしい。大変だな、聖女って。

◇

ブラッキーちゃんが立ち止まってナーと鳴いた。ブラッキーちゃんはここにバギーがいると言っている。

「マジかよ。ブラッキーちゃん。本当にここにバギーがいるのか？」

信じろよニートやろう、って顔をしてブラッキーちゃんがナーと鳴いた。

ここはワンダースカイ家だ。しかも、俺の部屋の前だぞ。ここにバギーがいるってマジかよ。

エーデル姉がドアに触れた。

「ここってたしか、ヴィルヘルムさんのお部屋ではありませんでした？」

「そうだな。父上が固い封印をしているから、そう簡単には入れないはずなんだが」

俺がひきこもりに戻らないための封印なんだよな。イヤなもんだぜ。

父が兵に指示を出して封印を解いた。

ドアを開けてみて一同びっくりした。バギーが本当にいたからだ。

「あ、あのやろおおおおおおおおおおおおおおおおおお！」

いっきに斬りかかろうとした俺を後ろから止める手があった。俺の手首をつかんだのはリリアーナだった。

「待ってください、ヴィルヘルム君。これは千載一遇のチャンスですよ！」

「だって、だってあいつ、俺の高級ベッドの上で、楽園の上で布団をかぶってぐっすり眠ってて！　つーか、俺の楽園が奪われてるんだ。奪い返すに決まってるだろ！」

「楽園はもう失われたんです。いさぎよく諦めましょうよ」

バギーは俺の楽園で、つまりは俺のベッドで行儀良く布団をかぶって気持ち良さそうに眠っている。

絶対に許すまじ。

「あのマットレスは特注なんだよ。俺の体形に合わせて作ってもらったんだ。体圧分散とか凄いんだぞ。枕だって高級ホテルのと同じでどれだけ寝ても疲れない。しかも、夜中にイビキとか出ない構造なんだ。あの布団だって特別で――」

リリアーナが俺の両肩に手を置いた。首をゆっくり振る。

「諦めましょう。私、ひきこもらないヴィルヘルム君の方が好きですよ？」

「いや、リリアーナに好かれても」

「そこは空気を読んでキュンとしましょう？」

「どうせ俺のことは筋肉だけが目当てなんだよな？」

「そこは否定しませんけど」

「しろよ。空気を読んでさ」

「えぇぇー……」

マジでイヤそうな顔をすんなよな。

「というか、ヴィルヘルムさん、ちょっと部屋が贅沢すぎではありませんか？」

「なに言ってるんだよ、エーデル姉。むしろ大貴族の長男にしては質素だろ？」

そりゃあ調度品は最高級品ばかりが揃ってるけどさ。特徴といえば本棚にぎっしり娯楽本が詰まってるくらいのもんだぞ。地味な部屋だと思うけどな。

「ロバートさん、お子さんを少々甘やかし過ぎだと思うのですけれど――」

「ちょっとエーデル姉？　この人にそんなことを言ったらダメだろ」

「ふーむ、やはりそうだったか。薄々そうではないかと思っておったのだ。やはりこの部屋では子供の自立心を養えないか」

「ほらこういうことを言いだすから。どうしてくれるんだよ」

あ、リリアーナが悪い顔を見せたぞ。

「私もエーデルワイスさんと同じ意見です。こんなに立派な部屋はヴィルヘルム君にはもったいないですよ。いっそ彼を公務員宿舎に入れてはどうです？」

「なるほど。それは名案だな！」

「名案ちがいます！　それよりバギーですよ。早く追い払いましょうよ。夜になったらこいつまた結界を無視して街に出ますよ」

話題転換に成功。みんなバギーに注目した。

バギーは俺の楽園で熟睡している。

あそこは俺の居場所だ。力尽くで追い払ってやるぜ。

「エーデルワイスよ、私が許可する。あのベッドの上で封印の剣を使うのだ」

「いいのですか？　ワンダースカイ家の子供部屋にバギーを封印してしまっても」

「この部屋はもう誰も使っていない。ここにいた子は巣立ったのだ。だから何をしても構わない」

「ちょーーーっとおおおおお。ここは俺の部屋なんですけどおおおおおおお。俺の許可はあああああああああああああ？」

「そうですか、聖女の私としては大変心苦しいのですけれど、他に手はありませんものね。ここで封印の剣を使わせて頂きます」

「エーデル姉、顔がドSになってるよおおおおお？　心苦しさなんて微塵も感じてないだろおおおおおおお？」

「うふふふふふふ」

うふふふふふ、じゃねーよ。エーデル姉の頭にブラッキーちゃんを置いてあげた。

「ちょっとヴィルヘルムさん、これは？」

「猫をかぶってるっていう嫌味だ」

あ、父が吹いた。意外なところにうけたな。

「ロバートさん、今のは笑うところと違いますよ？　私は猫なんてかぶっていませんのに。ぷんぷんです」

かぶってるかぶってる。あと、ぷんぷんとか言うのは似合ってない。

ごほんと咳払いをした父が一歩前に出た。

「しょうもない話はここまでにしよう。これよりバギーを再封印する。決してやつを逃がすなよ。ヴィルヘルム、お前がバギーを押さえつけろ」

「いいの、ヴィルお兄さん、私がやるよ？」

「くっ、いいんだ。エヴァ。楽園のことは残念だけど、男にはやらねばならないときがあるんだ」

それにあいつの強さは――、バケモノだ。正直、エヴァじゃあ荷が重い。

ちゃんと分かってるよ。頭の中ではさ。バギーが油断している今のうちに封印をしてしまうのが一番楽だって。被害を出さずに終えられるだろうからさ。

でも、ここには色々な思い出があるんだ。

辛かったときとか、悲しかったときとか、寂しかったとき、泣きたかったとき、そして、笑っていたとき、そんなときにずっと俺と共にあり続けてくれたのは他でもないこの部屋とベッドだったんだ。

それも……これでお別れなんだと思うと辛い。

辛いなんてものじゃない。泣きたい。

でも、踏ん切りをつけないと。部屋は代わりがきくんだ。街の子供たちには代わりはない。だから、俺が涙をのむべきだ。

せめて最後のときは俺の手で迎えさせてやるんだ。いくぜ。

「うおおおおおおおおおおおおお。手加減しないぞ。バギーーーーーーーーー！」

全力全開。魔眼発動。

大気が揺れる。家も揺れる。体内の魔力を増幅させ、周囲の魔力までをも取り込んで、俺は魔力を高めに高めた。

さすがにバギーが起きた。だが、もう遅い。

「見せてやるよ、魔王の極限魔法をな！」

バギーが赤い瞳で俺を睨み付ける。警戒したのか瞳が怪しく輝き出した。

「これでお前は終わりだ。完全拘束魔法《インフィニットヘルズチェーン》！」

真っ赤な血の色をした鎖が数え切れないほど空中に出現した。

部屋中が鎖だらけだ。しかも、動き回っている。

その鎖がバギーへと一気に収束していく。

敵にこの魔法を使われたら俺でもどう抜ければいいのかよく分からない。それくらいに圧倒的に強い魔法だ。

いかにバケモノ級の強さのバギーだって、この魔法はどうにもならないはず。

バギーが俺のベッドごと鎖でぐるぐるに拘束されたぞ。

「さすがヴィルヘルムさんです。あとは清らかで頼りになるこの私に任せてくださいね」

え、誰が清らか？　なんてツッコむところじゃないか。

エーデル姉が封印の剣をバギーの腹の上に飛ばした。そして、両手を天に掲げた。浄化魔法の力が天から屋根をすり抜けて降り注ぐ。エーデル姉と剣が光り輝いた。

さすが聖女だ。

エーデル姉は俺の知っている頃よりもかなり強くなっていた。この封印魔法ならバギーに効果があるだろう。

「さあ、受けてみなさい、伝説のオバケよ！　これは神の裁き！　永劫の眠りをあなたに与えましょう！　聖なる封印魔法《セイントドミネーション》！」

封印の剣がバギーを貫いた。

俺のベッドに穴を開けて、床にまで貫通する。

目を開けていられないほどの光が溢れ出した。

バギーが光になって剣へと吸い込まれていく。

やったか――。いや、バギーが抗った。這うようにして剣から抜け出ようとする。

しかし、俺の拘束魔法がバギーを逃がさなかった。

バギーが恨めしそうに俺を睨んだ。完全に光になって、バギーは剣に飲み込まれていった。

そして、あとには封印の剣が突き刺さった俺のベッドだけが残った。

「封印、成功です」

「あああ……あああああ……うああああああああ……」

俺は膝からくずおれた。

悲しくて俺は楽園を直視できない。涙が出てきた。こんなことってあるかよ……。

「さようなら、俺の楽園……」

お世話に……なりました……。

「もう俺はここにはひきこもれないんだな……。切ない……」

「ざまあ～♪」

くっ、エーデル姉、喜びやがって。

「ふふふ、やった。やったぞ！」

父も喜んでいる。

「これでもうヴィルなんとか君が寝る場所はこの家には無い。なんとめでたいことだ。今夜は宴だあ！　良いワインを開けるぞお！」

父上、息子の不幸を喜ばないでください。

リリアーナが俺の肩に優しく手を置いてくれた。分かってくれるのはお前だけか。いや、顔がニヤニヤしているぞ。

「ヴィルヘルム君。この部屋はヴィルヘルム君には贅沢すぎたんですよ。ちゃんと働いて、これからは身の丈に合う部屋で過ごしましょうよ。ね？」

ね、じゃない、ねじゃ。

「みんな厳しいね。ねえ、私もヴィルお兄さんに冷たいことを言った方がいい？」

「言わないでくれ。この人たちはみんな悪い大人だから真似しちゃダメだ」

「ヴィルお兄さんが本気で涙を流してる」

「思い出がいっぱいあったからな……」

せめてもの報いだ。

俺にはさっきリリアーナから奪ったインクと筆がある。

俺はオバケみたいにゆらりと立ち上がった。父もエーデル姉もリリアーナも一斉に真っ祭りにしてやるぜ！

遠慮はしない。心ゆくまで塗りたくってやるぜ。今日は祭りの日だ。全員、インクで血祭りにしてやるぜ！

インクが尽きるまで塗って塗って塗りまくって遊んだらけっこうすっきりした。悔しがるあいつらの顔は最高だった。いい気味だぜ。

広場へと戻ると店じまいが始まっていた。〈グラン・バハムート〉も〈コズミック・ファルコン〉も無事に完売したようだな。

「ヴィル様ーっ。お仕事は終わりましたー？」

アーニャが俺を見つけて駆け寄ってきた。ニコニコしててかわいいなあ。

「ああ、無事に終わったよ。甘い物の完売勝負はどうだった？」

「えへへ、〈グラン・バハムート〉の大勝利です！」

アーニャがブイサインを見せた。

「ちーがーいーまーすーわー！」

クララが来たぞ。

「うちの方が、在庫数が圧倒的に多かっただけですわ。売り上げならうちが大差で勝っていましたわ！」

「でも、勝負は完売のスピードを競うんだったよね？」

「うっ、ぐぬぬ……」

「勝負のルールを変えるのはクララちゃんらしくないなぁ～」

「ぐぬぬぬぬ……、アナスタシアのくせに言いますわね」

「まあいいじゃないか。二人とも頑張ったんだろ？」

俺は二人の頭をポンポンとした。

アーニャは嬉しそうにしてくれたけど、クララはイヤそうな顔をした。そんな顔をするなよな。

「二人とも頑張ったご褒美に今晩は俺がごちそうするよ。美味しいものでも食べに行ってパーッと騒ごうぜ」

そして俺は酒を飲む。酒を飲んで楽園を失った悲しい記憶を抹消するんだ。じゃないと今日は夜泣きしてしまいそうだし。

「祝勝会をしてくれるんですか！　嬉しいです！」

「だ、誰が弱小ギルドの祝勝会なんかに参加しますか！」

「クララちゃん、一緒に行こう～。隣の席に座ろうね！」

アーニャがクララにほっぺがくっつくくらいに抱きついた。甘えるように腕にからみついてクララを逃がさないようにする。

「ね、いいでしょ？」

「いーきーまーせーんーわーよー！」

クララがアーニャの腕から離れようとする。しかし、その背に迫るはソフィアさん。

「はい、クララちゃん捕まえたーっ」

ソフィアさんが後ろからクララをぎゅっと抱きしめた。大きな胸の谷間にクララの頭がすっぽり埋まったぞ。

「うがーっ。息ができませんわっ。本当に無駄に大きいですことっ。歩くおっぱいオバケですわっ。はーなーしーてーくーだーさーいーっ！」

クララがじたばたするけど逃げられない。よし、このままひきずっていこう。

なんかインクまみれのリリアーナが寄ってきた。私も一緒に行くとか言ってきたぞ。ひさしぶりにパーッと飲みたいらしい。人のお金で。

祝勝会には、飲食店が集まる通りにある賑やかなステーキ屋を選んだ。

ちゃんと女子と一緒に行くようなおしゃれな店だぞ。ペットもＯＫのところだからミューちゃんがいても大丈夫だ。

祝勝会は超盛り上がった。楽しかった。他愛のない話をたくさんしたし、みんなのことをいっぱい知れた。俺はたくさん笑った。

ピンクトリュフをけっこうな安値で扱っていたから、全員で一つずつ食べた。アーニャとソフィアさんがまた当たってケラケラ笑って盛り上がった。

こんなに楽しい時間がずっと続いて欲しいと願った。

俺はひきこもりのくせに、大勢でわいわい騒がしくするのが好きなんだって気がつけた。

あまりにも楽しく過ごせたから、その日はぐっすり眠れた。

そして、素敵な夢を見れた。かわいい女の子に世話を焼かれまくる夢だった。最高な夢だった。ずっと覚めないで欲しいって思った。

第8章 ★★★ ひきこもりは伝説のオバケと戦う

今、明け方くらいの時間だと思う。

俺は寝ぼけながら、夢みたいな夢じゃないような変な声を聞いている気がする。

優しそうな男性の声で娘のアーニャが大ピンチなんだとか、ヴィルヘルム君どうか起きてくれないかとか遠くから大声で叫んでいるような感じなんだが――。

とにかく必死に、俺に声を届けようとしていると思う。

いや、諦めたみたいだな。

もしかしたらエヴァちゃんになら僕の声が届くかもとかなんとか言っていた。

いったいなんだったんだろうか。死んだアーニャのパパが俺に何かを伝えに来てくれたとか？　不思議な体験だな。

ま、夢だからいいか。

まだ早朝だし俺が起きる時間じゃない。すやあっと眠りの深いところへと落ちていく。

……。……。……。

しばらくして、一階が騒がしくなった。ドタドタと誰かが階段を上がってきて俺の部屋に入ってくる。

「大変、超大変だミュー。ニートやろう起きんかーーーい。今日は昼まで寝かせてやれないミュー！」

「んがー……」

「なにのんきに寝ているミュー！　力技でいくミュー！」

胸元を持ち上げられて往復ビンタをされている気がする。

いてて。いてててて。いててててててて。あ、でもこの手、すごくもふもふだ。すやあ……。

「な、なんでますます深く眠るんだミュー。ちょっと魔力を込めるか……。もっと痛くすればきっと起きるミュー。ミユミユミユミユミユー！」

ばしん、べしん、がつん、どかん、ごつん。いててててて。いてててててて。ちょ、いくらなんでも、これは、起きざるを、えない気が、すごくする。

でも眠りたい願望が強い。まあそのうち往復ビンタに飽きるだろう。それまで我慢だ。

お、何人か部屋に入ってきた気配がする。往復ビンタを止めてくれるかな。

「おい、ヴィル、起きろ！　なにぐだぐだ寝てやがるんだ！　って、ほっぺが真っ赤！」

なぜか暴力的な感じに俺の胸ぐらをつかんできた気がする。まだほとんど眠りの中だから状況が分からないぞ。

「なんか野蛮な女の人が来たミュー！」

「誰が野蛮だこら。って、うおっ、今、ソーダネミューが喋らなかったか？　気のせいか？」

「ふふふ、はたしてそうかな？」

「うおっ、やっぱりこいつ喋りやがった！」

「ソーダネ！　修道服を着ているのに心が汚れているミューね！」

「マジで喋ったーっ？　いえ、でも勘違いされていますよ？　私の心は青空のようにとても澄み渡っていますからね。うふふふふ」

「いやいや、もう遅いミュー。しかもそのなんちゃって清楚風な演技は寒すぎるミュー。似合わないことはしない方が……」

「似合わない言うな。ソーダネミューが喋る方がぜんぜん似合ってないぞ。ていうか、起きろよヴィル！　起きないとお前が小さい頃に好きだった女の子の名前を一人ずつぜんぶ言ってやるぞこら！」

なん……だと……。

「えーと、まずは」

や、やめろ。俺のほほえましい思い出を汚さないでくれ。

パチッと目が覚めた。目の前に不良顔になっているエーデル姉がいた。

「お？　起きたか？」

「好きな子をバラすのはやめて欲しい。それじゃあ、おやすみなさい」

「って、寝るなこらーーーっ。風呂に運んで放り込んでやる」

うおおおおおおおおおお。肩に担がれた。どうしてこうなった。

「なになに、なんだよ。俺は美女の優しいキスでしか起きられない体質なんだよっ。起きて欲しいのなら美女を用意してくれよっ」

「って、もう起きてるじゃねーかっ」

「エーデル姉に起こされたんだよ。ああもうー、俺の幸せな安眠がーっ」

俺は床におろされた。でも力が入らなくて片膝をつく。

まだ寝たい……。睡眠時間が足りない。だから寝よう……。すやあ……。

「まあ、キスくらいなら私がしてやるぞ。よし、眠ったみたいだな。大チャンスだぜ。んーーーーーーーーっ」

「ぎゃーーーーーーーーーーっ、やめっ、やめっ、やーーーめーーーてーーー」

四つん這いで這うようにして俺は部屋の端に逃げた。

なんて恐ろしいことをするんだ。完全に対象外の人なのに！

「むかーっ。そこまで拒絶されると超むかつく。私にだって乙女の心はあるんだぞ。受け入れろヴィル！」

「冗談じゃねええええええ。エーデル姉の乙女の心なんて五歳の頃にはもう無かったぞおおおおお！」

「そんなわけあるかああああああ。さあ、美女のキスだぞ。清楚風に恥じらないながらやってやるから。ほら、目を閉じろおおおおおおお！」

「いやだああああああ。エーデル姉のキス顔なんて見たくねえええええええええええ！」

「待って。待つんだミュー！　今はいちゃこらしてる場合じゃなーーーい。お嬢が大変なんだぞおおおおお！」

うわー、うわー、エーデル姉が俺に覆い被さってきた。

目を瞑って口をすぼめて迫ってくる。

俺は両手でエーデル姉のほっぺを押さえて止めた。真剣白刃取りならぬ真剣エーデル姉取りだ。必死にやらなきゃキスされてしまう！

しかし、エーデル姉の顔がさらに迫ってくる。ホラーかよ！

「一生懸命（いっしょうけんめい）にキスしようとすんなっ。ミューちゃん、アーニャが大変っていうのは？って、リリアーナもいたのか。いったい何が起きてるんだ。エーデル姉がキス魔（ま）になる恐ろしい呪（のろ）いにでもかかったのか？」

リリアーナの顔が真っ青じゃないか。化粧（けしょう）もしてないし大慌（おおあわ）てで出てきたって感じだ。

「ヴィルヘルム君、大変なことになりました」

「ああ、そうだな。今、俺は大ピンチだ。ていうか、俺を助けろよ」

「街の子供たちが一斉に攫（さら）われてしまいました……」

なん……だと……？

俺は状況を理解するのに少しの時間を要した。何かの勘違いかドッキリ的なものだと思おうとしたからだ。

だけど、俺の淡（あわ）い期待はあっさり砕（くだ）かれた。

アーニャは家のどこにもいなかった。捜（さが）したけど本当にいない。寝ている間に攫われてしまったそうだ。

エヴァの言っていた不吉で良くないことは回避（かいひ）できなかったようだ。俺は何をのんきに寝ていたんだと後悔（こうかい）した。

この事態にはエヴァが真っ先に気がついたそうだ。夜が明けきらない時間からみんなに声をかけて回ってくれたらしい。

俺は何も気がつかずにぐっすり眠っていたわけだ。

いくらひきこもりとはいえ、情けないことこのうえなかった。俺はすぐ隣の部屋で眠っていたんだぞ。それなのに俺は、アーニャが攫われたことに気がつくことすらできなかったんだから――。

とてもイヤな夢を見ました。私、アナスタシアが大事な人たちと永遠にお別れをしてしまう夢です。悲しくて涙(なみだ)が出そうになりました。

「――タシア、――スタシア、アナスタシア、起きてください。大ピンチですわよ。もう、早く起きてください」

私を起こす声はクララちゃん？

あれ、私はどこで寝ているのでしょう。知らない絨毯(じゅうたん)の上？

ゆっくりと目を開けました。泣きそうな顔のクララちゃんがいます。

「おはようー。クララちゃん、一人で眠れなかったの？　私とミューちゃんの間で眠る？」

「寝ぼけてないで、ちゃんと起きてくださいませ。ここは〈グラン・バハムート〉ではありませんわよ」

何を言っているんでしょうか。理解が追い付きませんが、クララちゃんがただならぬ様子なので私は身体を起こしました。

「クララちゃんのネグリジェかわいい～」

黒色のネグリジェです。ちなみに私は白いネグリジェですけど、クララちゃんのに比べたらひらひらが少ないです。

「あれ、ここってどこ？」

ランプに青色の火が怪しく灯っている部屋です。

絨毯が敷いてあってふかふかしています。

あと、子供のおもちゃがたくさんあります。積み木とか、馬の乗り物とか、ボールとか、他にもたくさん。でも楽しい雰囲気は無くて不気味なところだと感じます。

「ここは伝説のオバケの、バギーの館ですわ」

「え――」

「確認してきましたの。バギーは隣室にいて、砥石でシュッシシュッシュッと包丁のような大剣を研いでいましたわ」

耳を澄ませてみれば砥石を使う音が聞こえてきました。

バギーは子供を攫って食べてしまうオバケです。その剣で誰を料理して食べようとしているのかはすぐに分かります。

「すぐに逃げよう、クララちゃん」

「判断が早くて助かりますわ。ですが、大きな問題がありますわ。アナスタシアはこの子たちをどうすればいいと思います？」

クララちゃんが私を後ろに向けさせました。

そこにはたくさんの子供たちがぐっすりと眠っていました。何十人もいます。バギーはどれだけの家から子供たちを攫ってきたんでしょうか。絶望しかありませんでした。

◇

街の広場にたくさんの大人たちが集まっていた。

だいたい同じ年代がいることからして、おそらくはバギーに攫われた子たちのご家族たちが集まっているんだろう。

なんでここに集まっているのかと思えば、父ロバートとフランキーさんがいるからだった。どうやらここで何かをするらしい。

父が偉そうに腕を組んで俺を睨み付ける。

「遅いぞ、ヴィルなんとか君！」

「父上、こういうときは真っ先に俺を起こしてくださいよ」

「貴様は素直に起きんだろうが。だから強引に起こすためにエーデルワイスを送ったのだ」

あなたの仕業だったんですね。おかげで怖い思いをしましたよ。

「それで、アーニャたちが攫われた先の見当はついてるんですか？」

フランキーさんがあぐらをかいて座ったまま俺を見上げた。

真剣に戦うときの男の顔だ。そこに日常の気楽な感じのフランキーさんはいない。

「あの世だ。アナちゃんたちは間違いなくあの世に攫われちまったぜ。正確に言えば天国と地獄の手前にあるオバケの世界だな。バギーの館はそこにあるんだ」

なん……だと……。

「それ、最悪じゃないですか。助けに行きようがないですよ」

「ああ、普通ならな。だが、俺たちシャーマンなら手はある。いいか、今から俺がシャーマンのとっておきの魔法であの世への扉を開く。そこにぼっちゃん達が突入して子供たちを助け出してきて欲しい」

「できるんですか。そんな奇跡みたいなことが」

「専門職をなめんなよ。というわけで、少しさがって見ててくれ。時間がないのは間違いないんだ」

たしかにそうだ。こうしている間にも子供が一人ずつ食べられているかもしれない。

「よっしゃ、いくぜ。うおおおおおおおおおおおおおおおおお！」

かなりの魔力だ。

もちろん俺ほどじゃないけど、それでも尊敬できるくらいの魔力量を感じる。

これ、命がけでやっているんじゃないだろうか。生命力まで注ぎ込んでいる気がする。

フランキーさんの周囲の魔法陣が強く輝きだした。

輝きの中でフランキーさんが気迫のこもった顔を見せた。

そして、叫ぶ。

「さあ、めんたまを見開いてよーく見てな！」

フランキーさんが両手を勢いよく組んだ。

「これが、あの世への扉を開く魔法《ドアトゥヘヴン》だ！」

強烈に輝きが広がっていく。とんでもない魔法が発動した。

二階建ての家ほどの高さがある巨大な魔法の扉が、俺たちの目の前に出現する。

その扉が重そうにゆっくりと開いていく。

「ぐっ、はっ！」

フランキーさんが吐血した。

やはり無理のある魔法だったか。エヴァが心配そうに寄り添った。

「大丈夫だ。だが、長時間は無理かもな。俺が骨と皮になる前にアナちゃんたちを連れて帰って来い。あとは若いお前たちに任せたぜ！」

フランキーさんがサムズアップした。

「俺が必ず全員を連れて帰ります。みんな、行こう！」

突入部隊は俺とソフィアさん、それにエヴァとミューちゃんだ。

父は兵が集結しだい、エーデル姉は教会騎士が揃いしだい、俺たちを追って総力であの世へと突入してくるらしい。

「あ、エヴァちゃんはちょっと待った。一言だけアドバイスだ」

「なに、おじいちゃん？」

「どうしようもなくなったときは、あの人を頼るんだぞ。絶対に力になってくれるからさ」

「うん、分かったよ。おじいちゃん、どうか死なないでね」

みんなで扉の向こうへと駆けていく。

真っ暗闇だ。浮遊感が凄い。

俺はどこを走っているのか、前に進んでいるのか、出口はあるのか、何も分からなくなった。

感覚がおかしくなっていく。ぐるぐる、ぐるぐる、回った気がして、意識が飛んだ気がした。そして、気がついたら扉の向こう側に出ていた。

夜の森だった。太陽が無い夜の世界なのに、まるで昼みたいに明るいのが変な感じだ。

「ここが、あの世！」

いるだけで不安になる場所だった。

◇

「きみたち、やってくれたね！　子供たちを、いや、僕の食事を逃がすなんて！」

クララちゃんがバギーの大きな手に捕まってしまいました。

腰を片手でつかまれて持ち上げられてしまいます。

クララちゃんは必死にもがきますけど、どうやっても逃げられない様子です。

私たちは子供たちを起こして抜き足差し足忍び足で逃げ出したんですけど、四階からの階段を下りる途中でバギーに気がつかれてしまいました。

しんがりを務めた私たちは大ピンチです。

バギーが顎を伸ばすようにして口を大きく開けました。

クララちゃんを食べる気のようです。あの大きな口なら小柄なクララちゃんは一口でしょう。

「ちょ、ちょっと！　私を食べても美味しくないですわよ！」

「いやー、そんなことはないさ。生のままでもきみは絶対に美味しいはず」

「生で食べるなんて上品さに欠けすぎですわ！」

「ワイルドにいきたいなって思うんだ」

「ど、どうせ食べられるのでしたら、私は美しく調理されたいですわ！」

「というと？」

「一緒に調理場に行きましょう。そこで私を美味しく調理しませんこと？」

「……そうだよね。しっかり下ごしらえをしてじっくり料理をした方が美味しいよね」

「では、私をお離しになってくださいませ。手をつないで共に参りましょう」

「うん、いいよ。僕と一緒に調理場に行こうか」

バギーがクララちゃんを下ろしてくれました。クララちゃんがニヤッとします。

「さあ、逃げますわよ、アナスタシア」

「う、うん！」

脱兎のごとく階段を走って下りていきます。

バギーは完全に虚を衝かれたようでした。私たちを見ているだけで動きません。

私たちは三段飛ばしくらいでぴょんぴょん下りていきます。先に逃げてもらった他の子たちには追い付く様子がありません。良かったです。みんなは外に出られたんでしょう。

「……ハッ！　だーーーまーーーしーーーたーーーなーーー！」

大きな手をびたんびたん階段につけて這うようにしてバギーが追ってきました。

私たちを憎んだことで身体が少し大きくなったような気がします。口を大きく開けて追ってくる様子はまるでお腹を空かせた猛獣です。

怖いなんてものじゃないです。

オバケが苦手な私ですけど、あれはもうそういう次元を超えている感じがします。恐怖そのものが口を開けて追いかけてきます。

「待ーーーーーーてーーーーーーーー！」

「別にだましていませんわ！　私はどこの調理場とは言っていませんもの！　兵士さんがたくさんいらっしゃる王城の調理場までどうぞお越しになってくださいませ！」

「そんな子供のいない場所にいってたまるかあああああああああ！」

「最高級の調味料が揃っていますわよおおおおおおお！」

「うちの調味料できみはじゅうぶんに美味しくなると思うよおおおおおおおお！」

「いいいいいいいやあああああああああ！　近づかないでくださいませーーーー！」

悲鳴をあげながらクララちゃんが大剣を手にしました。

階段の折り返しに飾られている甲冑の大剣です。凄く大きくて重そうです。

「剣があればこっちのものですわ！　あなたを叩き斬ってあげますわよ！」

「アハハ！　きみには無理無理！　こう見えて僕は昔、一番強い騎士だったんだ！」

「もはや面影すらありませんわよ！」

「心が傷つくからそんなことを言うのはやめてくれるかな！」

「知りませんわ、そんなこと！　さあ、真っ二つになりなさい！　てええええええええええい！」

バギーは片手でクララちゃんの大剣をつかみました。そして、もう片方の手でクララちゃんの腰をつかみます。

クララちゃん、あっさり負けてしまいました。

バギーがクララちゃんを食べようと持ち上げました。

「調理！　調理はどうしたんですの！　丸呑みはかっこわーるーいーでーすーわー！」

「僕は生のままでもわりといける派なんだよ」

「騎士ならもう少しお上品にお食べくださいませ！」

「もはや面影もないいんだよね？」

「嘘ですっ。ありますっ。あーりーまーすーわー！」

「まあ、どっちでもいいや」

「ちょっ、ええええええええええええええええええ！」

「いただきまーす！」

「ああああああああああああああっ。って、素直に食べられるわけありませんの！」

クララちゃんが食べられる寸前で両手を前に出しました。

その手には魔力がたくさん溜まっています。

「パパ仕込みの魔法ですわっ。爆発魔法《ブレイクボム》です！」

「あがっ！」

「爆発のお味はどうでしたかーーーー？」

クララちゃんの魔法がバギーの口の中で爆発しました。あまりの衝撃に、バギーがクララちゃんを手放しました。

でも、想定外が起きました。

爆発の衝撃が大きすぎてクララちゃんが窓を突き破って飛んでいってしまったんです。

クララちゃんがぎょっとしてわたわたします。

「うっそですわーーーーーーーーーー。死にます死にます死にますーーーーーーーー！」

「げほっ、げほっ、げほっ、ああ、びっくりした。なんてお転婆な子なんだ。二階と三階の間から落ちたくらいじゃあそうそう死なないよ。あの子なら受け身くらいとれるでしょ。いやでも、味が落ちたらイヤだな。鮮度が高いうちに食べないと。あの子は躍り食いが絶対に美味しいし、早めに食べてしまおう」

バギーが窓の向こうに浮遊していきます。何がなんでもクララちゃんを食べる気のようです。

私はクララちゃんが落とした大剣を見ました。拾って持ち上げます。

とても重いです。父の大剣と同じくらいの重さです。

……もしもこの重い大剣を振れたら、一人前のギルド戦士だって父に言えるでしょうか。

きっと、父は認めてくれると思います。一人前になったねって。

私は窓の枠に乗りました。

クララちゃんはうつ伏せで倒れています。

そのクララちゃんにバギーがゆっくりと迫っていきます。

クララちゃん、絶体絶命の大ピンチです。

「あああああああああっ。タイム！　タイムですわ！　タイムがありのルールです！」

「いやー、そんなの無いかなあ。だって僕、お腹が空いたし」

「いま、動けないんです！　少々お待ちくださいませ！」

「んー、無理そうだなあ。お腹が凄く空いているんだよね」

「我慢できない男性は嫌われますわよーーーーっ」

「オバケに性別なんてあると思うかーい？」

「ぐぬぬっ！」

「というわけで、いただきますだね！」

「じゃあ、ここでクイズ、クイズですわ！　あなたに解けますか！」

「楽しそうだね。言ってみな？」

「赤くて丸くて美味しいものと言えば――」

「リンゴ」

「で・す・が、そのリンゴを使って美味しく焼きあ――」

「アップルパイじゃない？」

「……くっ。……くっ」

「ひねりがなさすぎる！」

「うるさいですわ！」

「当たったんだからきみを食べるね！」

「あああああああああああっ、タイム、もう少しタイムですわ────っ！」

このままではクララちゃんが食べられてしまいます。

大親友の私としては絶対に見捨てるわけにはいきません。

オバケは怖いですけど、大事なお友達が食べられてしまうのはもっと怖いです。

だから──。

私は胸に手を当てました。

「お父さん、お母さん、私にどうか力と勇気をわけてください──」

大事なお友達を助けるために──。

ヴィル様は教えてくださいました。この技は、剣が重い方が回転力が上がって攻撃力が増すんだって。

まだ一回も成功したことはありませんけど、この窮地を脱することができるとすればこの技しかないと思います。

私は窓枠(まどわく)から飛び上がりました。

そして剣を縦に振り下ろします。

空中ででんぐり返りをするみたいに、何度も何度もくるくる回ります。重い大剣のおかげで回転力が増してきました。

幻影魔法(げんえいまほう)で大剣を伸ばします。

そして、虚構(きょこう)を現実に変える魔法で一瞬(いっしゅん)だけ実体化させます。

さらに大剣に雷(かみなり)属性を付与(ふよ)します。

クララちゃんが私を見上げました。

バギーが私に気がついて振り返ります。

「たあああああああああああああ！　勇者の神剣技(かみけんぎ)《雷獣車(らいじゅうぐるま)》ーーーーーーーーっ！」

バギーが口から魔法を放ちました。

黒い黒い、もの凄い力のこもった邪悪(じゃあく)な魔法でした。

その魔法を私は正面から受けてしまいました。

痛いです――。

本当に痛いです――。

私は負けるんでしょうか――？

いいえ、負けません！

ギルドマスターである私は、そう簡単には負けられないんです。今日まで私を応援してくれた色んな人のためにも！

目をしっかりと開けてバギーを見ました。

もう一回転で大剣が届きます！

とん、と私の背中をお父さんとお母さんが押してくれたような気がしました。それが最後の強い一回転を生み出しました。

激しい雷音が鳴り響きます。

大剣が信じられないくらいに鋭く振り抜かれました。バギーが縦に真っ二つです。

やりました――。

初めて成功です！

これなら少しは一人前になったって誇れるでしょうか。あの大きくて重い剣を上手に振ることができたんですから。

私はクララちゃんのすぐ傍の地面に落ちました。

回転力のついた重すぎる大剣は私の力では持っていられず、遠くに飛んでいってしまいました。

頑張って立ち上がります。

でも、それが限界でした。バギーの邪悪な魔法は私の生命力をたくさん奪ってしまったみたいです。

背中側にバギーが迫っているのを感じます。気配からしてあの包丁みたいな大剣を振り上げているんでしょう。

「アナスタシア！　後ろ！　避けてくださいませ！」

精一杯の笑顔をクララちゃんに向けました。

「ごめんね、無理みたい」

「アナスタシア！」

クララちゃんがうつ伏せのまま必死に私に手を伸ばします。でもその手は届きません。

「クララちゃん、大好きだよ」

一番の笑顔をクララちゃんにプレゼントしました。

バギーの大剣が私に振り下ろされ――。

春みたいな温かな風が私に向かって吹いてきた気がしました。

その風を感じていたら、いつの間にか、私の背中側に誰かが立っていました。振り返ってみると、大きな背中が私を守ってバギーの剣を防御してくれていました。

「遅くなってわるいな。もう大丈夫だぞ、アーニャ！」

「ヴィル様！」

その名前を呼んだところで私の限界が来ました。意識が消えていきます。

ヴィル様はやっぱり私の英雄様でした。心から尊敬します。

私はソフィアさんとミューちゃんに抱きしめられた気がしました。

俺はアーニャを守り、バギーの大剣を自分の剣で受け止めている。

バギーが凄く怒っている。

きっと子供たちにいいようにやられたんだろう。《雷獣車》の発動音はしっかり聞こえた。

練習したときは一回も成功しなかったのに、アーニャは逆境に強いみたいだな。たいしたもんだ。

「アーニャちゃん、大丈夫？　クララちゃんも！」

「大丈夫だミュー。お嬢は気を失っているだけミュー。クララは意識があるミュー」

子供たちはソフィアさんたちに任せよう。俺はこいつを、バギーをどうにかする。

「いやー、まいったね。子供たちだと思ってなめてたよ。アハハハハハ。その二人、特に白いネグリジェの子は絶対に強くなるね」

　バギーが自虐的に笑う。

「そうだろうな。俺もそう思うぜ」

「きみとは一日ぶりかな。昨日は僕がぐっすり眠っているときにひどい封印をどうも」

「ああ、こんなに簡単に抜けられるとは思わなかったぜ」

「僕も思わなかったよ。空クジラのおかげで夜が完全にまっ暗だったおかげだね。暗い方がオバケは強くなるんだ。それにこの時代の聖女が弱くて助かったよ。おかげでちょっと暴れただけで簡単に封印から抜け出れたからね。アハハハハハ」

　エーデル姉は聖女になったばかりだ。弱くてしょうがない。まだまだこれから勉強って感じだろうな。

「で、どうする？　僕といつかの決着をつけるかい？」

　バギーが距離を取った。

　いつかの決着。それはあの廃城のときにつけられなかった決着のことだろう。

　バギーが大剣を縦に一度構える。

　あれは騎士の構えだな。そういえば、バギーは人間だった頃は騎士だったな。

「決着をつけようぜ。俺はお前を倒すためにここに来たんだ」

俺はどんなクエストでも必ず達成する男だ。

だから必ず、この難解なクエストを攻略してみせる。難易度Sになるであろうこの「伝説のオバケを討伐せよ！」ってクエストをな。

バギーと俺の視線が交わる。それが合図だった。

常人には見えないであろうスピードでお互いに接近、渾身の力で斬り合った。

その結果、バギーは大きく斜めに傷を負った。

「アハハハハハ、さすがに強いね！　でもその攻撃じゃあオバケは絶対に倒せないよ！　太陽の無いこの世界では僕は無敵だからね」

俺の真後ろにバギーが出現した。

オバケならではの動きだった。身体を一回消してから移動する。俺には瞬間移動したようにしか見えない。

「しまっ――」

「遅い、遅い。アハハハハハ」

背中をざっくり斬られてしまった。

俺が発動させている身体能力強化と防御魔法を超えてきやがって。まいったね。

バギーは余裕の顔で笑ってやがる。

「続けていくよ。オバケの魔法《シャドーバースト》！」

「うわあああああああああああああああ！」

激しい衝撃を背中に受けて俺はバギーの館に吹っ飛ばされた。石の壁を突き抜けて、どこかの部屋に転がり落ちる。

超痛い。早く俺の自室の楽園に戻りたいぜ。毎日ゴロゴロして幸せに過ごしたい！

でも俺は立ち上がった。

膝に力を入れて、気合い抜群に立って剣を構えた。

「ああもう！　この戦いが終わったら俺はまた絶対にひきこもるからな！」

だからみなさん、そのときはどうぞ俺のお世話をよろしくお願いします。

背中から血が流れている。

けど気にしない。俺は魔眼の勇者と呼ばれた男だ。勇者っていうのは逆境になればなるほど力が増していくもんなんだよ。

勇者の神剣技《烈風》。短距離超高速移動技だ。強烈な風になっていっきに敵に迫る。

バギーが俺の超接近に度肝を抜かれていた。

剣でバギーを真っ二つにしてやったけどダメだ。すぐに復活してしまった。

「無駄無駄無駄だよ！　アハハハハハハ。僕の憎しみを丸ごと消し去らないと僕は何度でも復活するからね！」

それなら丸ごと消し去ってやるまでだ。使おう、魔王の極限魔法を――。

「ウフフフフ。ツーカマーエタ！」

なんだ？　別のオバケが俺の足にしがみついてきた。

黒いオバケだ。地面から這い上がってきたぞ。

しかも、けっこうな力だ。引き剥がせない。

「僕の子分のオバケさ。幸福な人生の邪魔をするオバケだね。生前は不幸なんてものじゃない人だったよ。苦しい目にあってあってあい続けて、幸福な人間にとんでもない憎悪を抱いて強いオバケになったんだ。だからきみでもそう簡単には引き剥がせないだろうね！」

さらに森の奥から白いオバケがどんどんやってくる。

それがみんな俺に覆い被さってきた。

「くっ。どんだけオバケがいるんだよっ」

「僕が食べた子供たちだね。みんなオバケになったんだ。助けに来てくれなかった大人たちを憎みながらね！」

なん……だと……っ。

「ネエ、アナタモオバケニナロウヨ」

「ネエネエ、一緒ニ遊ボウヨ」

「オバケハ楽シイヨ。エヘヘヘヘ」

オバケが俺にからみついてくる。何体も何十体も何百体も。

おいおい、マジかよ。つかみ所がない。引き剥がせない。視界が狭まっていく。

「勝負あったかな？　じゃあ、この子は美味しく頂くね」

バギーの大きな手にアーニャが握られていた。アーニャは気を失っていてだらんとしている。

「え？　いつのまにかお嬢が奪われたミュー！」

ソフィアさんがものすごい判断力の早さで浄化魔法を使った。

でもバギーにはきかなかった。

「そんな弱い浄化魔法じゃあダメージにはならないよ。じゃあ、一人目の犠牲者だね。この子はすっごく美味しそうだ。いただきまーーーーす！」

させるか。勇者の神剣技でこの離れた距離からバギーを斬り刻んでやる。

バギーが大きな口を開ける。あの大きな口なら子供なんてひとのみだろう。

アーニャは食べさせない。

「勇者の神剣技――」

いや――。エヴァが何かをしている。長い髪が揺らめいているぞ。

天を見上げて、誰かを呼び寄せている？　シャーマンの魔法だろうか。降霊術的なもののように見える。

エヴァが両手を掲げた。

天国から誰かがエヴァの身体に降りてきたように見えた。エヴァがそれを受け入れる。

「ぜったいに誰一人食べさせないよっ」

強い強い、本当に強い魔法だ。

「シャーマンの禁断魔法《ネクロマンシー》！　お願い、力を貸して。神に仕える巫女、アンジェリーナ・ミルキーウェイさん！」

エヴァの身体が光に包まれた。

光の中でエヴァの姿が別人へと変貌していく。大人の女性の姿だ。

あの魔法、おそらくは魂を天国から呼び寄せて、自分の身体をその呼んだ者に合わせて変化させるものだろう。

とんでもなく高等な魔法だ。

間違い無く天才じゃないと使えない魔法だぞ。

呼び出された人は、ものすごく神々しい力に満ちた人だった。きっとあの人は神にも人にも動物にも植物にも愛される。そんな人に俺には思えた。

その人が剣の柄に手を当てた。

「水鳥の神速剣――」

誰よりも清らかで優しく美しい声だった。

「《白鳥の舞》！」

何が起こった――？

あまりにも一瞬だった。

白鳥がそっと舞い降りたような気がしたその一瞬に、バギーを含めたこの場にいる全てのオバケが斬られた。

しかも、白いオバケとバギーの子分はどちらも光に包まれて浄化された。

戦場の中央に鳥のようにふわりと女性が舞い降りた。

白銀の長い髪。美しいシルエット。透けそうな白いワンピース、そして、清らかな白い翼。

この世界に天使がいるのなら、きっとあんな人のことを言うんじゃないだろうか。

あれが、アーニャのママ？　アンジェリーナ・ミルキーウェイさん？

誰よりも綺麗だった。

本当に美女だ。いや、美女なんてものじゃない。あんなに綺麗な人がこの世界に存在するだなんて思ってなかった。間違い無く絶世の美女だ。

見ているだけでドキドキしてしまう。

信じられないくらいに綺麗すぎる。

バギーの腕が断られている。つかまっていたアーニャは投げ出されていた。

アンジェリーナさんが手を広げてアーニャを受け止めた。そして、愛おしそうにアーニャを抱きしめていた。温かく包み込むように、優しい眼差しで――。

綺麗な光景だった。母と娘の愛を絵に描いたらまさしくこんな光景になるだろう。

「……アンジェリーナさん？」

ソフィアさんがその名を呼んだ。

アンジェリーナさんの笑顔が弾けた。

「きゃー、ソフィアちゃん、すっごく大きくなったねっ！　特におっぱい！　そうだよ～、アンジェリーナだよ。アーニャちゃんの傍にずっといてくれてありがとう！」

テンション高っ、明るいっ。

見た目は綺麗な女性だけど心は一〇歳くらいの少女じゃないだろうか。アーニャの方がよっぽど大人だ。

「ミューちゃんもありがとっ。私、すっごく感謝してるよっ」

アンジェリーナさんが一瞬でミューちゃんの傍に移動した。動きが見えなかった。ほぼ、瞬間移動だ。

アンジェリーナさんがアーニャをミューちゃんに託した。

「クララちゃん、ひさしぶりー！　昔からお人形さんみたいだったけど、今もだね！」

嬉しそうに手を振っている。クララはぽかーんとしている。

うおっ、びっくりする速度で俺の傍に来た。

近くで見るとますます美人だった。まっすぐに目を合わせられないくらいの美人だ。すごく緊張してしまう。

「わーっ、ヴィル君。とっても大きくなったねーっ。ちっちゃい頃はちっちゃかったのに！」

それ、当たり前では……。

「私、天国から見てたよ。アーニャちゃんを助けてくれてありがとうっ。……あー、残念、エヴァちゃんの限界が近いみたい。ねえねえ、ヴィル君、水鳥の神速剣を見せてあげるから一回で覚えてね。優秀なきみならできるよねっ。ちっちゃい頃から一回見たらなんでもできてたしっ」

「フッ、まあそうですね。一回見れば優秀な俺ならなんでも覚えられますね」

「見せきれなかった分は私の直筆の秘伝書で勉強してねっ。ヴィル君が暮らしている部屋の机の上にあるからっ」

　そんな傍にあったのか。

　ソフィアさんから秘伝書の存在を聞いていたのに見つけられていなかった。帰ったら読ませてもらおう。

「じゃあ、やるよ？　いい？　水鳥の神速剣は神に捧げる剣。その真髄は、誰よりも清らかにこの世界を愛すること。この剣をアーニャちゃんに教えてあげてね」

　バギーが身体を元に戻した。

　戻るのに少し時間がかかったな。かなり痛そうにしている。あと、煙が出ている。浄化されそうになっているんだろう。

　バギーがアンジェリーナさんを睨み付けた。

「いったいなんなんだいっ。今の速い剣は！」

「水鳥の神速剣だよっ。神に捧げる祈りの剣～っ」

「身体が痛くて熱い！　オバケを滅することができるのは浄化魔法かシャーマンの魔法く

らいのはず。きみはいったい何者なんだい！」

「神に仕える巫女だよっ。私の剣はね、心の汚れている人にはよーくきくから、あなたは痛いのいっぱい我慢してねっ」

　アンジェリーナさんが消えた。

　いや、違う。今度こそしっかりと見るぞ。俺ならあの速い剣技を見きることができる。

　アンジェリーナさんが白い翼をはためかせて進んで行く。それはまるで湖を優雅に歩く水鳥のようだった。

　一歩一歩が長く美しい。そしてあまりにも速い。

　思い出したことがある。剣の特訓のときに、アーニャがかわいくぴょんこぴょんこしていたことをだ。あの動きはきっとこれだったんだろう。

　アンジェリーナさんの動きは綺麗だった。本当にとても綺麗な剣だった。

　無駄なんて一つも無くて、音も無くて、静かに敵を八つ裂きにしていく。

　あまりにも無駄がないからだろう。信じられないくらいに速い。バギーが何もできずに前から後ろから横から下から斬り刻まれて細かくなっていく。

　あれは、空中ハメコンボ――。

　あの強いバギーが何もできていない。力の差があり過ぎるんだ。俺とオバケヤマネコくらいに力の差があるってことだ。アンジェリーナさんが圧倒的に強すぎる。

アンジェリーナさんが空中で俺を振り返った。とても申し訳なさそうにしている。

「あちゃ～っ。ヴィル君、ごめんねっ。倒しきれなかったよっ。思ったよりもこのオバケが抱えている憎しみが強すぎたみたい。もう私は天国に帰る時間だから、あとはお願いできる？　きみならできるよねっ？」

「ええ、任せてください。優秀な俺なら問題ないです。しっかり見させてもらいましたよ。水鳥の神速剣を」

「ちょっと待つんだ！　僕をこんなに痛めつけておいてタダで帰れると思うのかい！」

煙だらけのバギーが急いで身体を修復していく。

そして、速攻をかけてアンジェリーナさんに剣を振り下ろした。

俺は飛び上がってバギーに斬りかかった。

バギーがひらりと空中で回転して俺の攻撃を避けた。

アンジェリーナさんがソフィアさんの傍に着地するとエヴァの身体に戻った。エヴァは手を地面についてぐったりした。

バギーがショックを受けていた。頭を手で抱える。

「勝ち逃げされた。こんなに悔しいことが起きるなんて！　目の前で子供を食べてやりたかったのに！　くそおおおお。くそおおおおおおおおお。ああいうやつを悔しがらせてこそ子供を食べるオバケなのに！」

本当に強い憎しみだな。

子供を食べることで大人を悔しがらせるだけの存在だってよく分かる。あいつはこの世に存在してはいけないやつだ。

俺はバギーに剣を向けた。

「子供を食べたいっていうそのろくでもない執着。誰よりも優秀なこの俺がぜんぶ消し去ってやるよ」

「ええい、わずらわしい！　もう決着をつけるよ！　僕は子供を食べたくて仕方がないんだ！　僕の本当の姿できみを怖がらせてあげるからね！」

「とっておきがあるのならさっさと出した方がいいぞ。次の一手が最後だからな」

俺は魔力を高めた。

どんどん高めていく。周囲の魔力を取り込んで、ぜんぶ自分のものにする。

魔眼、発動――。

大気や大地が揺れ動く。あの世にいるありとあらゆる存在が俺に恐怖しているのを感じる。

さあ、見せてやるよ。魔王の極限魔法。そのとっておきをな。

「アハハハハ、素晴らしいね！　でも今さら魔力を高めたところで無駄さ。さあ、これが僕の本当の姿だよ！」

でかい――。バギーが赤いオーラを発しながら巨大化していく。見上げないといけない大きさだ。

四階建てのバギーの館と同じ大きさになった。

普通なら驚くんだろうな。普通の人間ならな。でも優秀な俺からしたら身体が大きくなっただけなんて何も怖くない。

むしろ怖がられるべきは人間なのに魔眼を持っている俺の方だろう。

そんな危ないものを持っているのは、人類史上で最も危険な人物だったと言われるあの人しかいないんだから。

「魔王様――」

小さな女の子の声が聞こえてきた。

魔族の女の子だ。スカーレットって名前だったたか。

連れ去られた子供たちはだいたい一ヶ所に集まっているが、その中から一歩前に出て俺を見つめている少女がいる。それがスカーレットだ。

「魔王様、すっごくかっこいい！」

スカーレットがまるでヒーローを見るみたいに目を輝かせた。両手で祈るようにして俺を崇める。

いや、だから、信仰するのはやめてくれ。

俺は魔王じゃなくて、どちらかといえば勇者だから。

エヴァがスカーレットの手を握った。

「さあ、みんなでお兄さんを応援しよう。オバケは勇気を見せると弱まっていくんだよ」

褐色肌の男の子、ダニエルが一歩前に出た。そして、俺に向かって叫ぶ。

「がんばれ、魔王ーーー！」

他の子たちも続いた。

「いけー！　頑張れ魔王！」

「オバケなんて蹴散らせ魔王！」

「魔王ならやっつけてみせてー！」

「がんばれー！　魔王ー！」

「早く倒すミュー、このニートやろう！　いや、魔王ミュー！」

ミューちゃん、便乗すんなよな。

バギーが剣を構えた。

巨体のパワーをいかして剣を振り下ろすんだろう。構えが綺麗だな。昔、強い騎士だったっていうのがよく分かる。

なぜか、バギーの赤い瞳に悲しみの色が見えた。表情にも力が無い。

「はあ……、こんな結末か……。いいね、きみは。子供たちに応援してもらえてさ」

バギーがオバケになった経緯は聞いている。助けた子供に追い詰められて極刑になったんだったな。

「……生前のあんたには同情するよ」

生前だけな。今は無理だ。バギーは悪いことをし過ぎた。犠牲になった子供たちが可哀相でならない。

「さあ、最後の勝負だよ。僕の剣をきみは越えていくんだ」

「ああ、越えていく。なにせ俺は、魔眼の勇者って呼ばれる英雄だからな」

バギーが剣を振り下ろす。渾身の攻撃が俺に迫る。

「勇者？　きみは魔王じゃなかったのかい！」

「そっちの呼ばれ方は気に入ってないんだよ！」

俺はバギーの剣を自分の剣で受け止めた。

とんでもない重さだった。だけど、俺を倒せるほどのパワーはない。子供たちの勇気が俺に力をくれているんだと思う。

俺はバギーの剣を弾き飛ばした。

バギーが諦めの顔になった。

「じゃあな！　バギー！」

俺の手の平に複数の魔法陣が顕現した。

いくぜ、魔王の極限魔法。これはとっておきだ。

「集えよ、絶望！　滅せよ、全てを！　我が求めるは荒廃した世界のみ！　くらって消し飛べ！　完全消滅魔法ーーーーっ！《アルマゲドン》ーーーーー！」

一瞬、無音になった。

耳が痛くなるくらいの無音だ。

そして、強い閃光が放たれた。

遠く遠く、どこまでも遠くへと閃光が走っていく。視界が真っ白に染まっていく。

バギーの巨体が閃光にのみこまれた。

バギーの身体を表面から削っていき、跡形もなく消滅させていく。

これが何もかもを消滅させる魔法《アルマゲドン》だ。さすがは魔王の作った極限魔法だな。伝説のオバケにだって有効だ。

バギーのやつ、死を悟(さと)った瞬間に優しい顔で子供たちを見ていた。最後の最後で子供好きだった自分を思い出したのかもしれない。

俺は不思議と騎士だった頃のバギーの顔が浮(う)かんだぞ。優しそうで逞(たくま)しい好青年って感じだった。

閃光が消えた。

みんなを見ると、目を瞑(つぶ)っていた。

一人一人、ゆっくりと目を開けて俺を見た。俺はちょっとかっこつけて剣を鞘(さや)に収めた。

最高にかっこつけた笑顔を見せてやる。

「怖いオバケは倒したぞ。さあ、みんなで家に帰ろうぜ！」

やっと緊張がほどけたんだろう。子供たちはみんな一斉(いっせい)に笑顔を見せてくれた。

エピローグ

人生で一番感謝された日かもしれない。

たくさんの人たちから、心からの感謝をもらえた。涙、涙、本当に感謝の涙がいっぱいだった。つられて俺もいつの間にか泣いていた。ひきこもりの目にも涙ってあるんだな。温かい涙を流したのはひさしぶりでちょっと新鮮だった。

大変な一日だったけど、犠牲者が出なかったし、たくさん感謝されたから良い日になったって言えるだろう。

夜――。空クジラはもう行ってしまったから夜空が見える。月も星も輝いていた。

俺は部屋の明かりを灯して机の上の本を手に取った。

アンジェリーナさんの書いた秘伝書だ。タイトルは――。

「水鳥の神速剣」

中を確認していく。かなりの文字数だったからコーヒーをいれてゆっくり読んだ。

アンジェリーナさんの丁寧な説明のおかげで、水鳥の神速剣についての理解がどんどん進んでいく。

ド深夜になって俺は本を閉じた。寝ようと思って明かりを消す。

「まいったな」

もっと簡単に習得できると思っていたんだが――。

水鳥の神速剣には浄化魔法の習得が必須だった。俺はそれを使えない。誰かに教えてもらうしかないんだが、思い当たる相手はかなり絞られる。

俺は布団に入った。寝よう。寝てひきこもってから考えよう。遠からず、また騒がしい日々が始まりそうだった。

◇

灯火送りの日がやってきた。

この一年間で亡くなった人の魂を天国へと送るイベントだな。

まずは教会に行って司祭のありがたい言葉を聞いてしんみりした。

それからみんなで祈りを捧げてとても切ない気持ちになった。

そこから集団でゆっくり歩いて海まで行く。歩いているときは故人のことを静かに語り合って懐かしんだりした。

潮の香りを感じながら砂浜へと入っていく。去年ははやり病があったせいか、今年は例年よりも見送る人が多いらしい。

誰もが悲しい顔をして海を見ている。夕焼け色に染まる静かな海を——。

俺も静かに海を見つめた。これからアーニャとクララのパパを送るのかと思うと切ない気持ちになってくる。

しかし、雰囲気を盛大に壊す怪しい声が聞こえてきた。

「オオオオオオオオオオオオオオオオオン!」

「ウオオオオオオオオオオオオオオオオン!」

静かな海に響き渡る。

おいおい、誰だよ、怨霊を連れてきたのは。って、エヴァだー。

まあ他に怨霊を連れてくるような人はいないよな。みんな怪しい声にびっくりしている。注目を浴びているぞ。

「こらっ。しーっだよ」

怨霊が静かになった。エヴァの言うことを聞くんだな。

「廃城にいた怨霊たちか?　エヴァが天国に送ってあげるのか?」

「うん。今日まで送ってもらえなかった可哀相な人たちだからね。私が愛を込めて送ってあげるよ」

「そっか。エヴァはいいやつだな」

夕陽に照らされるエヴァが眩しい。

今まで見た中で一番の笑顔だ。オバケみたいな子だなんてとても言えない。どう見ても美人さんだった。

遠くで少年合唱団の歌が始まった。

綺麗な歌声だった。耳を傾けていると心に響いて涙が出そうになる。

アーニャやクララ、それにダニエルたちも一生懸命に歌っていた。愛する人たちと最後のお別れをするために。本当に心を込めて。

やがて歌が終わり、海に灯籠を流すときがきた。

俺はアーニャと合流した。灯籠に火を灯すのはミューちゃんが担当することになった。

「火傷するなよ」

「ソーダネ！」

ミューちゃんが手際よく魔法のマッチで火を灯した。

灯籠とミューちゃんの毛に火が灯されたぞ。

みんなでぎょっとして燃えたミューちゃんの手を見た。

「ぎゃーっ！　熱っついミュー！」

「壮大なフリだったな……」

「ソーダネ！　身を張ったボケをかますつもりなんてなかったミュー！」

砂浜に手を突っ込んで消火していた。恥ずかしそうだった。

耳に美しい歌声が聞こえてきた。

抜群の歌声だった。

あの美しい歌声を聞いたら誰でも安らかに眠れそうだった。きっとこれから送られる魂は天国で安らかに過ごせるだろう。

歌っているのは聖女。エーデル姉だ。

そういえばエーデル姉って昔から歌が上手かったなと思い出した。そういうのもエーデル姉が聖女に選ばれた理由なのかもしれないな。

アーニャが涙する。灯籠の火を見ながら静かに涙を流している。

「お父さん……。お世話になりました。まだまだ私は弱いですけど、少しくらいは強くなれたと思います。天国でずっと見守っていてくださいね」

「アーニャちゃんはすっごく強くなったよっ。ジョージさん、アーニャちゃんの傍には私がずっといますから、天国で安心して過ごしてくださいねっ」

ソフィアさんがアーニャの肩に手を置いた。

足下に波が押し寄せている。アーニャはソフィアさんと一緒に海に入っていった。

二人で屈んで灯籠をそっと海に流した。

すぐ隣にはクララがいた。灯籠を丁寧に海へと流した。

三人でまったく同じタイミングで祈りを始めた。

灯籠が波に乗って流れて行く。

海に神聖な光が注がれ始めた。あれは天国への階段と言われている。その光に導かれて魂は天へと向かうんだ。

俺の隣に父が歩いて来た。珍しく悲しそうな顔を見せていた。

「なあ、ヴィルなんとか君」

「なんですか、父なんとか上」

「ちゃんとサボらずに来たんだな」

「そりゃそうですよ」

父はアーニャとクララの後ろ姿を見ているようだ。あの小さい背中に何を思っているのだろうか。

「ヴィルなんとか君、いや、ヴィルヘルム。最後にあの二人に奇跡を見せてあげてはくれないか?」

「というと?」

「あるんだろう? この場に相応しい極限魔法が。あの二人は、私の友人の愛娘たちだ。最後に奇跡の時間をプレゼントしてあげて欲しい」

俺は父を見た。父は俺を見ていた。

父の目はまっすぐだった。そんなふうに俺を見るのはいつ以来だったろうか。

本当は気がついていた。父と俺は同じことを考えているって。

それは余計なおせっかいだと思っていた。でも、そんなことはなかったようだな。

「しょうがないですね。じゃあ、楽園でのひきこもり生活一ヶ月間で手を打ちましょう」

「……長すぎる。二週間でどうだ?」

「三週間で」

「じゃあそれで」

「分かりました。ではいきますよ。魔王の極限魔法です。実体化魔法《フォアサイトイリユージョン》」

俺の魔法が広がっていく。

その魔法を受けて、海に奇跡が訪れた。

悲しむ人々の前に、お別れをする相手が、愛する人たちが現われたのだ。

アーニャとクララの前には、二人のパパが現われている。

何が起こったのか分からなくて、みんな言葉を失っていた。

歌が止まる。

エーデル姉が俺を見ていた。何かを察した顔をしている。

「みなさん、大丈夫です。大いなる神が奇跡の時間をくださったんです。少しだけの時間ですが、互いに触れあって最後のお別れをしましょう」

聖女の言葉を聞いて安心したんだろう。

みんな、互いの名前を呼んだり、泣き出したりしながら愛する人と交流をしだした。

アーニャのパパを見てみる。ジョージさんはとても優しそうな人だった。見ていて心がほっこりする。あの人なら、きっと温かな家庭を作っていたんだろうなって感じた。

クララのパパ、ランドルフさんはかっこよかった。ダンディな雰囲気で葉巻が似合いそうだ。筋肉質でがっしりしている。いかにも強そうなギルドマスターって感じだな。

アーニャが声を絞り出す。

「お父……さん……ですか？」

「ああ、そうだよ。アーニャ。急に会えなくなってごめんなあ……」

「お父さん……。私、私……、少しは立派に……なれたでしょうか？」

「ああ、立派になった。本当に立派になったよ……」

クララも声を絞り出した。

「パパ……ですわよね？」

「おお、その通りだとも。クララちゃんの大好きなパパだよ。クララちゃん、世界一かわいいぜ。誰(だれ)よりも愛している」

「私もですわ」

四人とも感極(かんきわ)まったようだ。もう言葉を伝えあわず、強くハグをした。

みんな泣いていた。

隣にいる父だって泣いているし、ソフィアさんも泣いてるし、ミューちゃんだって泣いていた。部外者の俺が割(わ)り込んでいい場面じゃない。俺は砂浜に腰(こし)を下ろして静かに魔法を使い続けた。

灯籠が海に流されていく。

いつのまにか夜が来ていた。

海を流れていく灯籠の明かりが、とても美しい景色を作っていた。

あとがき

おひさしぶりです。貴族の良い部屋でひきこもりたーい、とか妄想している東條功一です。いつかこだわりぬいたベッドで悠々自適な食っちゃ寝生活を堪能してみたいですね。

はい、というわけで二巻でした。いかがでしたでしょうか。アーニャの家族、それと、オバケの物語でした。

いやー、アーニャ、大変でしたね。他の子供たちもですけど。この事件の後、夜になったらランプを寝室に置いてずっと明るくしちゃいそうです。明るすぎて寝付くのが遅くならないか心配ですね。

いえでも、きっと大丈夫。アーニャたちの心の中には頼もしいヒーローが、いえ、魔王がいますから。アーニャたちは安心して熟睡できることでしょう。

それにしても、本当にヴィルって凄いですよね。一巻では超巨大生物を追い返し、二巻ではオバケ退治までこなしてしまうんですから。ギルド会員というか、もはや何でも屋です。次はいったい何と戦うんでしょうね。ひきこもり状態から引っ張り出されたら、きっとまた何か大変なことが待っていそうですね。

さて、話は変わりまして、本作のコミカライズについてです。漫画家ミト先生のご担当で、コミックファイアさんにて、もうすぐ始まります！

ページをめくるたびにかわいいがいっぱい詰まっていますよ。漫画で〈グラン・バハムート〉の面々に会える日を、ぜひぜひ楽しみにお待ち下さいませ。

それでは最後に謝辞を。にもし先生、一巻に引き続きかわいいイラストをありがとうございます。全キャラ最高すぎて新しいイラストが届くたびに歓喜してました。

担当編集様、本作の出版に関わってくれた皆様、本当にありがとうございます。

そして、読者の皆様、感謝がいっぱいです！

それでは、ヴィルとアーニャの次のお話で再びお会いできることを祈りつつ。

二〇二二年　三月　東條功一

ひきこもりの俺がかわいいギルドマスターに
世話を焼かれまくったって別にいいだろう？ 2

2022年4月1日　初版発行

著者――東條 功一

発行者―松下大介
発行所―株式会社ホビージャパン

〒151-0053
東京都渋谷区代々木2－15－8
電話　03(5304)7604（編集）
　　　03(5304)9112（営業）

印刷所――大日本印刷株式会社

装丁――小沼早苗（Gibbon）／株式会社エストール

Printed in Japan

ISBN978-4-7986-2802-8　C0193

ファンレター、作品のご感想
お待ちしております

〒151－0053　東京都渋谷区代々木2－15－8
(株)ホビージャパン HJ文庫編集部 気付
東條 功一 先生／にもし 先生